激流（下）

Jun
TakaMi

高見順

P+D
BOOKS

小学館

目次

激流　第一部

第四章

その一

二月二十八日、籠城部隊の周囲の民家に立ち退き命令が出た。包囲部隊がその命令を出したのだ。それを聞いた瞬間、正二は、う！　と息をのんだ。

籠城部隊と包囲部隊との間に、いつ戦闘が開かれるか分らない、そういう予想からの立ち退き命令か。そうとしか思えない。そういう予想をした包囲部隊は、籠城部隊が外部へ進撃行動に出るだろうと予想しているのか。

「皇軍相撃(そうげき)はできぬ」

と北槻隊長は、はっきり言っていた。正二たちへのその言明は、包囲部隊にも通じてあるはずだ。蹶起の直後は隊長も、妨害者が現われたら容赦なく排除すべしと言っていたが、蹶起の趣旨が天聴に達せられたとあってからは、命令が改められた。鉾をおさめて、大号令を待つという態度である。だから籠城部隊のほうで火蓋を切ることはありえない。するとこの立ち退き命令は、包囲部隊のほうから攻撃をかけてくる腹だろうか。

右手に銃を持った正二は、左手の掌のなかに小さな青い実をころがしていた。官邸の庭で見つけた「龍のひげ」の実である。

雪の間から「龍のひげ」が細い葉をいかにも苦しそうにのぞかせているのを見て、正二が、

(——可哀そうに)

感傷でなく、いわば身につまされて、靴さきで雪を除いてやったとき、ちらと青い実が眼に映った。つやつやと、それは宝石のように光っていた。正二はしゃがみこんだ。ゴボウ剣が雪にささり、正二の脇腹を突いた。うしろに払うのを忘れたのは、正二が新兵だったせいというより、青い実にそれほど心を奪われたのだ。

正二はその実を三つほどつまんで、大事にこうして持ちつづけていた。あたかも小さなサイコロでも振っているような正二のその手つきが、瀬波は気になってしようがない眼だった。そのうち、たまりかねたように、

「なにしてんだ」

と傍に来て、正二の手首をむんずとつかんだ。万引の現行犯でもつかまえる勢いだったが、瀬波の手は氷みたいに冷たかった。

正二は手首を神妙につかまれたまま、笑いをおさえていた。大事な宝ものを他人に見せるのを惜しむかのように、掌は固く閉じていた。瀬波の手を払いのけたりはしなかったかわりに、閉じた掌も開こうとしなかった。瀬波をじらすことが面白いというだけでなく、これはむしろ自分をじらしているふうだった。

瀬波も奇妙に口を閉じたままだった。口数の多い彼はこういう場合、当然、早く見せろの何のと言うはずなのに、どうしてか、黙りこくっていた。正二を憎まねばならぬと言っていた瀬波は、その憎悪が好奇心に負けたのをくやしがっているのだろうか。

黙ったまま、正二の手首からそっと瀬波は手を離した。あっさり諦めたのとはちがって、強い拒否を正二に感じたらしい瀬波は、無理強いを詫びているとも見られる眼ざしで、気味悪そうに手をひっこめた。

正二は自分の手が解放されるのを待っていたかのように、ほら、と瀬波の眼の前に、まだ掌を閉じたままだが、その手を突き出した。そして、もったいぶった手品師のしぐさで、ゆっくりと掌を開いて見せた。

吸いこまれるように瀬波がのぞきこんだ。正二も一瞬、一緒に自分の掌に眼をやったのち、瀬波の顔を見た。なあんだといった瀬波の表情がたちまち、すばらしい宝石でも眼にしたような感歎に変って行くのを正二は見た。青い実をじっと見つめて、あきずに瀬波は見惚れている。

瀬波の感歎は正二を満足させた。実の美しさが他人からも認められたことは満足だった。その実を美しいと見たことが他人にも理解されたのは、正二にとって一層満足だった。

だが、正二の心には満足とは逆のものもあった。瀬波から共感を示されるとは思ってなかったのだ。なんだ、こんなつまらないものを大事そうにと、瀬波から軽蔑されることをむしろ望んでもいたのだ。それはつまり、そんな瀬波だと軽蔑していたからなのだ。軽蔑し合うことで、あいこになる、そういった程度のものではなかった。それほど強い軽蔑なのだった。正二の心は痛んだ。

瀬波が顔をあげて、正二と眼が合った。正二は微笑を投げかけた。

(許せ、瀬波君)

瀬波も微笑を送ってくるかと思ったら、そうでなかった。むっとした顔をした。そして、正二の肩に積った雪を、黙って手で落した。

正二は眼をそらし、顔をそむけた。降りしきる雪は外界を白く塗りこめていた。白色以外は黒だけの、色彩のない世界だ。色彩は掌の青い実だけである。

しかし、いつ、人間の血がこの地上の雪を赤く染めるか分らない。包囲部隊との間に、戦闘がいつ始まるか分らない。

正二は掌の実を白い世界に投げた。落ちた先を眼で追った。するとその白い道に、正二は真赤な血を見た。幻覚と思えないほどの鮮やかな赤は、たちまち大きくひろがって行った。

「捨てちゃったのか」

瀬波の声が正二の耳を打った。

「どうして、あの実を捨てたんだ」

悲痛な声だった。悲惨とも言いたいくらいの瀬波の声だった。

「僕に見られたんで、捨てたのか」

弁解を拒否する声だった。どのような弁解も無力と思われる声だった。

「僕に見せたんで、捨てちまったのか」


その日、籠城部隊は「占拠部隊」という名称から更に「騒擾部隊」というのに変えられた。それが公的な名称とされたのである。情報通の瀬波の聞き込みではなかった。外部から公然と伝えられたのだ。

騒擾と言う以上、部隊のこの蹶起は反乱と見なされたのだ。瀬波のあの「万歳!」はヌカ喜びだったのである。

「自分らはだまされた」

と分隊長の曹長が官邸の広間をまるで営庭のように、泥靴を踏み鳴らして歩いていた。広間の赤いじゅうたんも、もう泥まみれだった。

動物園の熊みたいに、曹長はくるりと踵をかえして、正二たちのところへまた戻ってきて、

「まんまと、あざむかれた」

「中隊長殿にですか」

こんなことを言うのはおおむね瀬波にきまっているのだが、これは瀬波ではなかった。

「馬鹿野郎！」

なにを言うとると、おっとり刀の曹長は充血した眼をむいて、

「軍閥だ。軍のジョウショウブ（上層部をそう発音して）が自分らをペテンにかけおった」

呂律が廻らないのは、酒がはいっているせいだけではない。怒りをその声にこめて、

「自分らの行動を諒とすると、初めはそう言っといて、いや、それどころか、よくやったの、しっかりやれのと自分らをおだてておいて、同じその口で今度は、叛徒だとぬかしおる」

「叛徒……？」

「叛徒となれば、切腹もんだ」

疲れはてて広間にのびていた兵隊も、叛徒の烙印が押されたと聞くと、事実、額にそうした焼き印を当てられたかのような苦痛のうめきを発した。

なかには、感覚を失った人間のように、ぽかんとしているのもあったが、それはそれでよけい、いかにも敗残の叛徒といった姿だった。

「お前らも知っとるように……」

曹長はあたかも烙印の押し手のような脅迫的な口調で言った。

「初めはこの蹶起を、忠君愛国の至誠に基くものと認めると、はっきりそう言明していたのだ。

そうして自分らを油断させておいて、今度は逆賊だと言う」

「自分らが逆賊……？」

「そうだ。天皇陛下のご命令に背く逆賊だ」

直立不動の姿勢を取って曹長が言った。兵隊があわてて姿勢を正そうとするのを、手でおさえて、

「自分らは、だから、賊軍なのだ」

「いつ……背いたのですか。いえ、そのお背き……申しあげたのですか」

正二の隣りから同じ初年兵が言った。敬語がうまく使えないで、おかしな言葉になったが、誰も笑ったりはしない。笑うどころの騒ぎではない。

「知らん。勅命に抗したと言うのだ」

曹長は正二を睨みつけて言った。正二は凍傷気味の指が痒くて痒くて、むしろこのほうが、むしろこのため、気が変になりそうなくらい痒かった。

「どんな勅命が出たのか、自分は知らん。とにかく、賊軍になりはてたのだ。どういうわけか分らんが、自分らは逆賊ということになってしまった」

曹長は矢庭に抜刀して、エイと空気を切って、

「悪辣な軍閥の謀略に乗ぜられたのだ。自分らの蹶起を、初めは認めるようなことを言うとったのは、あれは策略で、自分らに汚名を付す下心だったのだ」

無念！　と軍刀を振りおろして、

「倒すべき軍閥を倒さなかったのが、いかんのだ。万事窮す。事は敗れたのだ」

どんな勅命が出たのだろう。いかに「悪辣」な軍閥だとしても、出もしない勅命を、出たと言うわけはないだろう。「騒擾部隊」の指揮者たちが、勅命を拒否したのではないか。正二たち兵隊の間で、そうした言葉がささやかれた。

真相がやがて明らかにされた。

奉勅命令なるものが出されたのだ。陛下の意を体しての命令という形で、「占拠部隊ハ速カニ其守地ヲ撤去スベシ」という命令が出された。さきに伝達された陸軍大臣告示と同じ形式のものだった。

北槻大尉をはじめ部隊の指揮者たちが、今か今かと待ち設けていたのは、大詔の渙発だった。その大詔が渙発されず、撤退要求の奉勅命令なるものが出された。勅命を奉じての命令とあれば、陛下のご命令と同じなのだから、絶対に従わねばならないのだが、大詔を待っていた北槻大尉たちにとって、単に撤退せよと言うだけの奉勅命令は受け入れがたいものだった。もしかすると陸軍上層部の捏造ではないかとも考えられた。

大詔の渙発があるまでは、あくまでやはり撤退できない。ここで無条件に撤退しては、せっかくの蹶起の意義が失われる。そういう結論になって、撤退拒否ときまった。これが勅命に背く仕儀となった。「占拠部隊」の名称は「騒擾部隊」と変えられ、勅命に抗する叛徒ということになったのだ。

奉勅命令がそもそも蹶起を騒擾扱いしている。陸軍大臣告示では、はっきりと蹶起を是認しているのに、どうしてそれと反対の奉勅命令が出されることになったのだろう。

「派閥の争いなのだ。その争いのせいなのだ」

正二の兄と同じ大学を出た、その後輩に当る初年兵が言った。

「蹶起の原因が大体、軍の派閥争いから来ているのだ」

とその時目二等兵が奇妙な笑いを浮べて言った。苦笑とも嘲笑とも見られるその笑いは、自分自身に向けてのそれであるために奇妙なのだった。ひけらかしと取られることを照れながら、しかしここに至ってはもう言わずにはいられないといった口調で、彼はこう言った。

北槻大尉の読みあげた蹶起趣意書には、軍閥を倒さねばならぬとあった。だが、その軍閥とは、酔った曹長が言ったような、単に軍の上層部という意味ではない。上層部はいくつかの派閥に分れているのだ。蹶起将校はその派閥のひとつにつながっていて、彼らが打倒を企てた軍閥なるものは、軍閥のなかのひとつの派閥である。それは「統制派」と言われている派閥で、これが軍中央部の主流として陸軍省や参謀本部を握っている。それに対して、青年将校たちの支持する「皇道派」という派閥があって、それに軍のヘゲモニーを掌握させようとしたのが、

この蹶起のひとつの動機になっていると思われる。時目二等兵はそう言って、

「だが、軍の実権を握っている統制派の力が強くて、結局、皇道派はそれに勝てなかったんだな。奉勅命令が出たのも、そのせいにちがいない。初めは皇道派におされて、あの大臣告示を出したんだろうが、そのうち統制派が盛りかえしてきて、皇道派はやっぱり駄目だったんだな」

「自分たちはそうした軍の派閥争いの犠牲なのか」

正二が言うと、大学出の同じ初年兵が、

「軍人の社会も、やはり大学出でないと、はばがきかない。陸軍大学を出てない将校は一生、下積みだ。その不平組が、陸大出で固めている軍中央部を、軍閥として倒そうとしたのだとも言える。蹶起部隊の将校は、陸大へはいれなかった不平組なんだな」

「うちの隊長なんかも、その不平組のひとりか」

兵営では許されない上官の誹謗が、ひそひそ話とは言え、公然と行われた。

「とにかく、こんな、目的のためには手段を選ばないというやり方では成功するわけはない」

と時目二等兵が言ったとき、

「今は、そんな理窟を言ってる場合じゃない」

削り取ったようにくぼんだ頬の肉をひくひく痙攣させて、瀬波が言った。

「このままで行けば、自分らは賊軍として、包囲部隊から攻撃をかけられるんじゃないのか」

当面のこの重大問題をみなが忘れている迂濶さを、重々しく指摘するつもりなのだろうが、

それにしては瀬波の声は上ずっていて、軽薄だった。

「討たれる前に、こっちから討って出るさ」

瀬波に負けない軽々しさで、ひとごとのように時目二等兵が言った。奇妙な笑いを語調にも浮べて、

「それとも、分隊長殿は切腹もんだと言ったが、自分らも切腹するか」

やけっぱちな声で、瀬波をと言うより自分自身を嘲弄していた。

「今どき、切腹だなんて……」

と瀬波は深刻に言った。

「いやでも、しょうがない。否応なしだ」

時目二等兵は声のない笑いを笑った。

正二は天井のシャンデリアを見上げていた。古風だが豪華な、古風なのでかえっていかめしく立派に見えるそのシャンデリアは、古風な権威の象徴のようだ。

硬質ガラスが燦然と輝いているシャンデリアの下には、きたない、臭い兵隊がうごめいていた。正二はそのうちのひとりなのだ。シャンデリアの豪華にそぐわない、惨めな兵隊を、シャンデリアの光りがしらじらしく照らし出しているのを、正二は改めて見る気はしなかった。

官邸の玄関にワシの画を描いた衝立（ついたて）があって、それが軍刀でバサリと切られていた。襲撃の朝、将校のひとりが士気を鼓舞するためか、軍刀をふるって切ったのである。ここからは見え

ないその衝立を、正二は自分の脳裡に見た。

「いざと言うときは、逃げればいいと君は言ったな」

おどおど瀬波が正二の耳に口を寄せてささやいた。

「そんなこと言ったかな」

正二がとぼけたのは、瀬波とまともに口をきくのが億劫だったからだ。

「自分の言ったことに責任を持たないのか」

瀬波は開き直った。責任？　と正二もきっとなった。瀬波の眼は、熱でもあるのか、猫の眼のように光っていた。

「自分の言ったことを忘れたのか」

「いや、思い出したよ」

言い争うのも面倒なので、正二がそう譲歩すると、

「言った以上、実行するつもりか」

瀬波は更に声をひそめて、

「言った通り逃げる気か」

詰問でなく、哀願の調子で、

「逃げるつもりかい」

「死ぬのはいやだな」

正二はたしかに死にたくはなかった。派閥争いの犠牲になって、死んだりするのは、いやだった。しかし、だからと言って、この際、部隊から脱走する気にもなれない。卑怯者でありたくないというのともちがっていた。正二はあたかも泥沼に首までつかって身動きができないような、そして身動きする気にもなれない、そういう心の状態なのだった。

「死ぬのは、ごめんだけど……」

「そいじゃ、逃げる……?」

しつこく瀬波が言う。まつわりつくように、そう言っているのは、一緒に脱走したいのだろう。一緒に脱走しようと正二に言ってほしいのだろう。

逃げたければ、ひとりで逃げればいい。正二は突っ放す気持で、

「そう言う君が、逃げたいんだろう」

瀬波は一瞬、息を呑んで、

「逆賊になりたくない」

ほんとのところは、死にたくないのだ。本心を隠して、体裁のいいことを言っているのは明らかだ。見栄を張ることはないじゃないかと言ってやりたかったが、

「自分ですき好んで、逆賊になったわけじゃない」

勝手にしやがれと、正二はふて腐った。このとき、正二の「戦友」が瀬波のそばに来て、

「瀬波二等兵。昭和維新は失敗だったな。万歳を叫んで歓喜しておった瀬波二等兵は、さぞか

し残念だろうな」

　露骨な皮肉に、瀬波は唇を噛んでいた。

「残念じゃないのか。え、おい、瀬波二等兵」

と古年兵はあくどくからかった。

「残念無念……」

　瀬波はうめくように言って、

「犬死――は残念無念」

「犬死だと？」

　古年兵はにがにがしげに、

「昭和維新に大賛成の瀬波二等兵に、死は覚悟の上のことだろう。無念がることはないはずだ。はじめから覚悟していたことじゃないのか」

　だが、こっちはそうはいかない。将校にひきずられて、死地に追いこまれたこっちこそ、ここでむざむざ死ぬのはたまらないことだがと、言外に匂わせて、

「瀬波二等兵の死は、犬死じゃない。昭和維新の捨て石だ。出撃の命令があったら、瀬波二等兵は真さきに飛び出して行って、みなにかわって、潔く死ぬことだな」

「そうだ、瀬波二等兵」

と周囲からも、激励を装った嘲笑が浴せかけられた。

「先陣の功は瀬波二等兵に譲らなくちゃならん。瀬波二等兵はみんなにかわって、名誉ある戦死を遂げなくちゃならん」

「みなにかわって？」

瀬波の声は震えていた。

「瀬波二等兵の死はかならずや壮烈無比の戦死にちがいない」

新しくそんな声もかかった。瀬波は声のみならず全身を震わせて、

「君らは、命令があっても出ないつもりか」

「どうして？」

「みなにかわってとはどういうことなんだ。俺だけを人身御供(ひとみごくう)みたいに突き出すつもりか」

人身御供はよかった、頭がどうかしてるとみなはあざ笑った。

「突き出しゃせん」

古年兵は笑わないで言った。

「突き出さなくても、勇敢な瀬波二等兵はみずから進んで突撃して行く。そうだろう、瀬波二等兵。返事をせい」

「はい」

「はいじゃ分らん」

「そうであります」

「はっきり言え。自分はみなに率先して、勇敢な突撃を行う。言うてみい」

「自分は勇敢な突撃を行います」

震え声は周囲の失笑を招いた。古年兵も笑いを誘われながら、

「みなに率先して——それが抜けとる」

「自分はみなに率先して、勇敢な突撃を行います」

泣き出さんばかりの声で言って、

「古年兵殿。みなは突撃しないのでありますか」

「ひとのことなど、どうでもいい。勇敢な瀬波二等兵は、ひとのことなど眼もくれない。単身でも敵陣に突撃して行く。そうだろう」

「……」

「そうじゃないのか」

「そうであります」

「それで、もう、よろしい」

古年兵は正二に、どうだといった視線を向けた。正二は眼を伏せた。横から初年兵のひとりが、尻馬に乗った声で、

「瀬波二等兵の壮烈な戦死か」

卑怯未練の瀬波二等兵の……と言いたいところだろう。

「お前は——死なないのか」

とその初年兵に言った瀬波は、もはや錯乱状態に陥っているかのようだった。初年兵はあきれて黙っていた。

「死ぬのは、いやなのか。いやなんだな」

喘ぎながら瀬波が詰め寄ったとき、かなたの廊下を北槻大尉が通りかかった。それを見て、すばやく瀬波は、

「隊長殿！」

と大声で呼びかけた。狂気を思わせる声だった。

何事かと広間に来た北槻大尉に、

「隊長殿。昭和維新は失敗なんでありますか」

瀬波は絶叫的に言った。北槻大尉は眉をぴくりと動かして、

「それが、どうだと言うんだ」

「あのう……」

瀬波は肩で息をして、

「失敗だと瀬波二等兵に言う者があります」

「誰だ？」

「あのう……自分らは……自分は、たとえ失敗だろうとなんだろうと、隊長殿から昭和維新の

ために死ねとご命令があれば、喜んで死ぬつもりでありました。だのに、残念であります、隊長殿、この期に及んで、自分らのなかに裏切り者が出てこようとは……」

こう言う瀬波は、錯乱どころか、憎々しい悪智慧を働かしている。

「裏切り者……?」

「隊長殿からご命令が出ても、死ぬのはいやだと言う者があります」

「誰だ」

沈痛な大尉の声に、正二は、つと前に進み出た。衝動的な行為だった。何が正二にこの行動を取らせたか、正二も自分で分らない。瀬波への憤りのためか。そうとばかりは言えない。昭和維新は失敗だと言った「戦友」をここで救おうとしたのか。身替りを買って出るといったけなげな意識を正二は自分のうちに認めることを恥じた。

「裏切り者とは、お前か」

「は、そうであります」

自分こそ錯乱していると感じた正二は、せめて返事だけは、はきはきと言っていた。

「死にたくないとお前は言ったのか」

依然として沈痛な声だった。

「は、言ったであります」

正二は北槻大尉のこの沈痛な声がおそらく自分の衝動的な行為の原因にちがいないと思った。

同時に正二は理窟抜きにこの大尉が好きなのを、はっきりとここで自覚した。はっきりしているのは、正二にとってそれだけだった。

「どうして死にたくないと言ったのか。その理由を聞こう」

と大尉は言った。その返事を正二は心に用意していなかったが、とっさに、

「自分らは賊軍として死ぬんでありますか」

と逆に質問した。ふむ——と大尉は憔悴した顔をうなずかせて、

「大命に抗する賊軍として死にたくないと言うのか。よろしい。自分もお前たちを賊軍として死なせたくはない。軍の中央部は自分らに賊軍の汚名を付そうとしているようだが、奉勅命令は正式にまだ伝達されてはおらんのだ。帰順勧告の奉勅命令が出たと聞いただけで、正式の文書をまだ自分も見ておらん」

憔悴が精悍の印象を一層強めていたが、その声にも精悍さを漲(みなぎ)らせて、

「自分らは断じて賊軍ではないのだ。自分はお前たちを賊軍として死なせはせん」

「隊長殿」

時目二等兵が突然、進み出た。これも衝動的な感じだった。

「隊長殿に申しあげます。たとえ賊軍になろうとも、自分らは隊長殿のご命令とあれば、死をいといません」

派閥争いを小ざかしく云々していた彼が、こう言った。口さきだけのことではない証拠に、

眼を涙で光らせて、

「この永森二等兵も、自分と同じ覚悟だと思います。永森二等兵を庇い立てするのではありません。卑怯なことを自分らに向ってこの永森二等兵は、一度だって言ったことはないのであります。実は……逆なのであります」

瀬波の卑劣を指摘しようとしてか、ちょっとためらったところを、

「分っとる」

と大尉は制して、正二に、

「その通りか」

疑いの眼ではなく、確認をもとめる眼だった。

「はい」

正二は胸に溢れて来たものをぶちまける思いで、

「死なねばならんとあれば、死ぬであります。死なねばならんときは、潔く死にたいであります。死すべきときは、死ぬ覚悟であります」

うまく表現ができないで、滑稽なくらい、言葉をくりかえすと、大尉が、

「賊軍となってもか？ 賊軍として死にたくないと、いまお前は言ったが」

「言いました。言いましたが、自分らは隊長殿が好きなんであります。こんな言葉をお許し下さい。隊長殿から、死ねと言われれば、自分らは死ぬであります。たとえ賊軍になっても、隊

長殿とご一緒なら、潔く死ぬ覚悟であります。男子として、もとイ！　軍人として、死ぬのは本望でありますが、どうせ死ぬのなら、隊長殿とご一緒に死にたいであります。人間一度は死ぬんであります」

「よけいなことまで言わんでよろしい」

と大尉は遮って、瀬波に、

「お前もそうか」

「は、はい」

「では、お前たち、みんな仲よくせい。一致団結が何よりも大切だ。こういう際は、気が立って内輪喧嘩をおこしやすい。それが一番いかんことだ。お互いにお互いを陥れるような言辞は慎まねばならぬ」

　瀬波の巻脚絆は片方がだらしなくずりこけていた。大尉はそれを眼にしたが、特に注意は与えず、

「お前たちの生命を預っている身として自分は、お前たちをむざむざと死なせてはならんと、かねてそう考えている者だ。今度の蹶起も、ひとつはそのためなのだ。お前たちのことを思ってやったのだが、しかし最悪の場合は、国のためにお前たちの生命を貰わんならんときが来るかもしれん。たとえそのとき、どのような汚名を蒙ろうと、自分らは決して賊軍ではない。賊軍として死ぬのではない」

そう言い捨てて、大尉は去って行った。

その二

二十九日の朝は事件以来はじめての晴天だった。

正二は便所へ行ったあと、すばやく官邸の屋上に駆けのぼった。尊皇討奸と大書したのぼり旗が、雪に濡れて重そうに、いかにもくたびれ果てたように垂れさがっていた。北槻大尉の言った義挙は完全に失敗に終ったのである。示威的にかかげた旗も今はみすぼらしい姿に見えた。

屋上に降り積ったままの雪はその表面が凍っていて、軍靴で踏むとガサリと鳴った。中身はしかしやわらかく、ふわりとして頼りない。踏みくだこうと足に力を入れて、拍子抜けがした。正二はちょっとの間、じっとしていたが、そんな雪から足をあげると、誰もまだ足跡をつけない雪を大股に踏みつけて行った。

なぜここへ正二は昇って来たのか。脱出のつもりか。隙をうかがって駈けあがった形だが、屋上から脱出はできない。籠城のこの官邸からは、どこからも脱出できそうもない。しかしどこからか、逃走できないものか、その脱出口を探すために、屋上に来てみたのか。

正二に逃走の意志はなかった。自分のうちに逃走の気持は見なかったが、逃走できない状態におかれている自分を見たいという気持はあった。脱出が不可能な自分であることを、屋上にのぼって見て客観的にたしかめたい気持はあった。

自虐ではなかった。兄の進一だったら、こういう場合、自虐のおもいにとらえられていたろう。むしろみずから自虐を選んでいたかもしれぬ。それは正二の性格にあわなかった。絶体絶命を自分でたしかめることで自分を納得させたかったのだと思われる。

屋上から見おろされる道路という道路には、包囲部隊がびっしりとつまっていた。いかめしい戦車まで出動しているのが眼下に見える。命令一下、直ちに包囲部隊は官邸へ向けて総攻撃ができる態勢を示している。

籠城部隊もまた攻撃に備えて、二階の窓に椅子やソファをつみあげて銃眼をつくり、いつでも応戦できるようにしていた。一階は固く閉鎖して、出入ができないようにしてあった。脱出はまず不可能なのだった。

正二は、かゆい霜焼けの指をかきながら、眼下の包囲部隊を眺めていた。それが正二の心に与える威圧感は、霜焼けのやりきれないかゆさに似ていた。むっと熱風を吹き送ってくるような包囲部隊の密集には、籠城部隊にない士気旺盛が感じられる。官邸は死のような静けさだ。

北槻大尉はこの官邸を出て、どこかへ行っていた。陸軍大臣に会いに行ったらしいと言われていたが、それでうまく話がつくかもしれないといった希望は持てなかった。大尉の留守中でも、包囲部隊の出方次第では直ちに交戦せよという命令が下されていた。

かなたの空から飛行機が近づいてきた。二枚の翼を水平に重ね、間をX形の鉄線でとめ、その中央に大きなプロペラが廻っている古めかしい飛行機だった。練習機か何からしく、プルンプルンという、いかにも旧式な音をひびかせていたが、それにしても、飛行機までが出動してきたといった威圧感を空から投げてくる。

官邸の丘の下に、他の反乱部隊が籠城しているホテルと料理屋があって、屋上から見ると、こんもりと茂った森のなかに隠されている。その森をめがけて、飛行機が小型の爆弾めいたものを落した。

あっ！　と正二が叫んだとき、爆弾は無数の小さな紙片になった。ビラを投下したのだ。

そのビラにおびえたのか、わーっとカラスの群が森の上に飛び立った。またしても正二の眼を驚かす大群だったが、白い雪景色のなかの黒いそのカラスの大群は、驚きとともに不吉な感じを正二の心に与えた。

機銃掃射でもしそうな低空飛行で、官邸の真上に飛行機は来た。と見ると、機上からふたたびビラを落して行った。小学校の運動会の、クス玉割りの紙のように、ビラがひらひらと陽光にかがやきながら舞い落ちて来た。

その何枚かが正二のすぐそばに落ちた。あたかも意志を持った生きもののように、ビラのほうから正二にさも用ありげに近づいて来た形だった。正二はそのビラを拾いあげた。一枚だけでなく、二三枚拾った。それぞれ異ったビラだと見たからではない。同じビラなのはひと眼で分っていた。だから一枚でいいわけだが、その周囲のビラも、一緒に拾ってくれと雪の上から正二に呼びかけていた。

下士官兵ニ告グ

一、今カラデモ遅クナイカラ原隊へ帰レ
二、抵抗スル者ハ全部逆賊デアルカラ射殺スル
三、オ前達ノ父母兄弟ハ国賊トナルノデ皆泣イテオルゾ

戒厳司令部

ビラにはこう書いてあった。

「原隊へ帰れ……?」

帰りたくても帰れないのだ。帰りたくないので、自分らはここに立てこもっているということではない。帰れる自由が兵隊にはないのだ。

「帰れだなんて、なに言ってんだい」

逆賊なんかになりたくないと思っても、この状態ではならざるをえない。じたばたしても、駄目なのだ。ビラは正二に、絶体絶命を確認させるのに役立っただけだ。

「射殺だなんておどかしたって、こっちは絶体絶命なんだ」

どうしようもない。この絶体絶命が、これだけが、正二にとって明らかなことだった。正二に、正二たちに、ビラが何を今さら呼びかけようと、何の役にも立たぬ。兵隊の自分たちには

抵抗の意志はないのだがなどと愚痴を言ってもはじまらない。心の中でいくら愚痴をならべても、それでどうなるものでもない。愚痴を言えば、逆賊として射殺されることから免れるというものではない。

どうにもしようがない。絶体絶命を受けいれるほかに道はない。

絶体絶命という明瞭な事実はこのとき、自分が童貞なのだという事実を正二に気づかせた。正二がここで死ぬとなると、童貞のまま死ぬのである。

童貞のまま兵隊になっているという例はすくないのだった。それは珍しい事実とせねばならなかった。

兵隊に取られる前に、大概の男は女郎屋へ行っていた。それは一種の「元服」と見なされていた。

「損したな」

と正二はつぶやいた。そしてすぐその自分に、

「童貞なのが、そんなに残念なのか」

と質問した。

「それほどでもないさ」

と正二は自答した。負け惜しみじゃないさ。負け惜しみを言ったって、しようがないし、言うくらいなら、とっくに童貞を捨ててたはずだ。女を抱こうと思えば、いくらでも抱けた。それ

をしなかったのは、こっちが抱きたいと思わない女は、抱かなかったからである。

「スーミちゃん」

この踊り子なら抱きたかったと思う。

「いよう、スミちゃん」

客席からのあの声援を、正二は口に出して言ってみた。レヴィウ劇場に通っていた頃は、かつてそんな声を舞台にかけたことはない。

正二がみずから初恋と考えていた、その相手の令嬢は、おそらくもう結婚したろう。その令嬢に対して正二は、踊り子の場合のように、抱いてみたいという気持ではなかった。そういう気持が全然なかったと言ってもうそになるが、そういう気持だけだったのではない。

「童貞だなんて、俺もすこし変ってるかな。兄貴とちがって平凡に生きたいと俺は思った。だが、この俺は勝手な兄貴のちょうど裏返しみたいな人間かな。だから、やっぱり変ってるのかな。俺をこういう人間にしたのは兄貴かもしれない。兄貴とちがった人間になろうと思って、こういう人間になった？　だったら、左翼の兄に対して、俺は右翼になるか」

静かだった官邸から、歌声があがった。軍歌ではなく、北槻大尉らの青年将校の間で歌われている昭和維新の歌である。

汨羅(べきら)の淵に波騒ぎ
巫山(ふざん)の雲は乱れ飛ぶ

混濁の世に我れ立てば
　義憤に燃えて血潮湧く
下士官が一節ずつ歌うあとから兵士たちが唱和していた。唱和させているのだ。昭和維新に共鳴している下士官がそうして兵隊の士気を鼓舞しようとしているのだ。
　権門上に傲れども
　　国を憂うる誠なし
　財閥富を誇れども
　社稷を思う心なし
　あゝ人栄え国亡ぶ
　盲たる民世に踊る
　治乱興亡夢に似て
　　世は一局の碁なりけり
「碁にたとえるとは――へたな歌詞だな」
悲壮な歌も、これではブチこわしだ。にが笑いが正二の頰に浮んだ。正二の嫌いな高等学校の寮歌より、もっと幼稚だ。
悲壮な唱和に正二は嫌悪をそそられたというのでもなかった。悲壮な憂国の志と幼稚なその表現の食い違いが、正二を困らせたのだ。憂国の志なるものがそもそも幼稚なのかもしれないと思わせられることが、正二をよけい困らせていた。何か呑気な歌を正二は歌いたくなった。

「カゴの鳥でもチエある鳥は……か」

古い流行歌の一節が、ふと口をついて出た。餌をあさっている雀の姿が、これを思い出させたのか。

正二たちはまさしくカゴの鳥だった。そのカゴの鳥のなかでも「チエある鳥」は、カゴからの脱出を考えるのだろうか。——下ではなお、唱和がつづいていた。

功名何か夢の跡
　消えざるものはたゞ誠
　　人生意気に感じては
　　　成否を誰かあげつろう

「事の成る成らぬは問題じゃない？」

海と覚しい方角に、正二は眼をやった。すると、今までは包囲部隊がひしめいている近くにばかり眼をおとしていたので気がつかなかったが、はるか人家の屋根の向うに、帯ほどのはばで東京湾が見え、その沖合に軍艦が停泊しているではないか。常時はそんなところに軍艦を見かけることはない。

「あれは、反乱軍に荷担した軍艦か。それとも鎮圧軍の……？」

もちろん鎮圧軍の軍艦としか考えられない。反乱軍を鎮圧するのに、軍艦まで出動している。

海からの威圧感を受け取る前に、正二は、

（軍艦を出動させるほど、それほど大がかりな規模で反乱軍を鎮圧しようとしているのか）

これは正二をして一種誇らかな気持にさえさせたのである。

絶望がむしろ正二を喜ばせたと言ってもいい。このとき、地上のどこからか、「今カラデモ遅クナイカラ原隊へ帰レ」と、ビラと同じ言葉が今度は肉声で聞えてきた。

籠城部隊にラウドスピーカーで呼びかけているのだ。抵抗したら容赦なく射殺すると言う。肉声で聞くと、それは、射殺という字を眼で見たときとはちがうなまなましさだった。

死がすぐもうそこに迫っている。そうしたなまなましい緊迫感に、

「死にゃいいんだろう」

と正二はふて腐った。

ラウドスピーカーは正二たち兵隊に向って、射殺されるのがいやだったら、帰順せよと言う。だが、帰順するためには、上官の命令に背かねばならぬ。北槻隊長から帰順の命令がない以上、兵隊だけで帰順をきめることはできないし、強いてそれを行えば、上官の命令に背いての帰順になる。

上官の命令には絶対に服従せよと正二たちは教えられてきた。その上官とは具体的には、中隊長の北槻大尉である。その命令に対する絶対服従を教えられた。軍がそれを教えたのである。その軍が今は、隊長の命令に服従しないで帰順せよと言う。

それは反逆だ。兵隊としてもっとも恥ずべき罪を犯せと言うのか。

「隊長と一緒に死のう」

正二は北槻大尉が好きだった。好きな理由を人から聞かれて、これこれだと言えるほど、はっきりしたものがそこにあるのではなかったが、いかにも純粋な軍人らしい大尉の人柄が正二は好きなのだった。

「大尉のために死のう」

どうせ死ぬのなら、死ぬのはいやだとめそめそしながら死ぬのでなく、潔く死のうという気持だった。

正二は大尉の純粋な憂国精神を一瞬にして理解した。大尉の憂国の志はそのまま正二のものになっていた。

この反乱事件に偶然巻きこまれて死ぬというのでなく、事件の荷担者たることを自覚しながら死にたいのである。昭和維新に対する自分の態度をはっきりさせる必要があると、ずっと今まで思いつづけて、一向にきまらなかったことが、一挙に解決した。

よしんばこれが、時目二等兵の言うような、軍の派閥争いの犠牲なのだとしても、そんなふうなことは思うまい。たとえそうでも、昭和維新の第一歩になるのだと思うべきだ。

「万歳！」

正二はひとりで絶叫した。

正二の心はきまった。屋上から急いで降りようとしたとき、建物の下から突然、異様なざわめきが聞えてきた。

下をのぞくと、兵隊のひとりが前庭を駈けて行くのが見えた。銃も持っていなければ、剣もつけていない。脱走だ。

どこから逃げ出したのか。脱走者はひとりだけだった。閉鎖された官邸のなかからは、あとを追えない者たちが、声だけで追っていた。

ざわめきはそれだったが、声援とも罵りとも聞かれるその声に、脱走者は背中を突っつかれて、今にもつんのめりそうな、そのくせ、丸腰のその腰を、わざとうしろに落しているようなへっぴり腰だった。必死の姿なのだが、見た眼にはおかしかった。

それは瀬波だった。その瀬波を、裏切り者！　と罵るべきか、それとも、しっかり！　と声援すべきか、そのどちらをも正二の心は選べなかった。

傍観者の心だったのではない。むしろ正二の心は苦痛にみたされていた。

（やっぱり……）

空気を両手で掻くような、溺れる者がワラでも摑もうとしているような恰好で、瀬波は低い煉瓦塀を目がけて逃げて行く。低い塀なので、内側からは、越そうと思えば越せる。越した外が、坂に面した高い石垣になっていて、外部からの侵入をそれで防いでいたが、越せばなんとかなるだろう。

瀬波は塀に辿りついた。跳躍して両手を塀にかけた。その恰好は正二に、中学生の兄が鉄棒にだらりとぶらさがった姿を思わせた。つまりそんなぶざまな恰好では、瀬波も塀を越せはしない。

両手をあげたまま、ずり落ちた。もう一度、瀬波は試みた。

ざわめきがここで一段と高まったなかを、

「打て!」

の一言が鋭く貫いた。下士官の声と思われる。

銃声が不気味な空気をつん裂いた。ひとりや二人の発砲ではなかった。

一斉射撃をあびて瀬波の身体が、ぴょんと飛びあがるように宙に浮いた。次の瞬間、地面に叩きつけられる早さで、瀬波は無慙(むざん)に墜落した。

瀬波の死の直後、北槻大尉が外から帰ってきた。大尉の眼に触れないように瀬波の死体はすでに取り片づけられていた。

大尉が帰ると間もなく、全員集合の命令が出された。包囲部隊から攻撃されるのを待ってないで、こっちから攻撃をかけるのだろうか。皇軍相撃は避けたいと言っていた大尉も、このどたん場に来て、遂に業を煮やして出撃を覚悟したのか。

「逆かもしれんぞ」

撤退かもしれないと小声で時目二等兵が言った。暗い顔で言った。帰順を希望してないかのような顔だった。疲れ果てて、顔も心も表情を失っていたにちがいない。

正二は黙っていた。瀬波の死が暗く心に蔽いかぶさっていたのである。

正二たちは外套を着たまま前庭に整列した。汚れに汚れた外套にいわばふさわしい垢だらけの顔が並ぶと、まるで捕虜の群としか見えない。

「外套をぬげ」

見るに堪えないといった声で北槻大尉が命令した。

正二たちは外套をぬいだが、ぬいだだけではすまない。背嚢につけるためその外套を固く丸めねばならぬ。列を解いて、みなは思い思いの場所を選んだ。

正二は時目二等兵と一緒に、軍靴で雪を踏み固めた。その雪の上へ外套を投げ、力をこめて丸めた。手の下で雪がキュッキュッと鳴った。

「次の命令はツケ剣、タマこめ……か？」

と正二は言った。それを希望しているような声になっていた。今度は時目二等兵が黙っていた。

ふたたび正二たちが整列すると、北槻大尉が徐（おもむ）ろに口を開いた。

「お前たちは今まで自分の命令に従って、一致団結、よくやってくれた。ご苦労であった」

おだやかな言葉のなかに、きびしいものが流れていた。

「このたびのことは、昭和維新を志しての蹶起であったのだが、時に利あらず、逆賊の汚名を蒙らんとしている。お前たちを逆賊にするのに忍びない。お前たちは聯隊に帰るがいい。責任は自分らが負う。これでお前たちとはお別れだ」

緊張が一時に解けて、正二の心は真空になった。これで銃殺はまぬかれる、そんな喜びもなければ、大尉と別れる悲しみも、急には心に来ない。正二は茫然としていた。

「では、最後に、みなで聯隊の歌を歌おう」

大尉の眼は涙に濡れていた。

「第一、第二分隊は前段、第三、第四分隊は後段——聯隊歌はじめ！」

第二分隊の正二はまず一節の一句を歌った。

「——朝日に映ゆる桜花」

同じ文句を他の分隊の者が合唱する間、正二たちは黙ってそれを聞いていた。

「——朝日に映ゆる桜花」

すむと、二句を正二は歌った。

「——かおりも高き檜台」

それを黙って聞いている他の分隊から、啜り泣きの声が聞えてきた。泣きながらの合唱を正二は聞いた。

「——かおりも高き檜台」

「——祖国の守り厳かに」

「――祖国の守り厳かに」

「――集うや健児千余人」

「――集うや健児千余人」

みんな泣いていた。泣きながら歌っていた。

あやに尊き五ケ条の
おしえの御旨畏みて
ここに鍛うるくろがねの
堅きはわが身わが精神

正二はみなのように涙が出てこないのが、自分でもいぶかしく思われた。どうして泣けないのだろう。時目二等兵のほうをそっとうかがうと、彼もまた正二と同じく、眼をしばたたいているだけで、涙は出ていない。

聯隊歌は六節あった。それを二回くりかえして歌った。

協力同心諸共に
いざや努めん国のため

結びのこの句を歌い終ったとき、北槻大尉は腰の拳銃を矢庭に抜いて、宮城に向って直立不動の姿勢を取ると、銃口をこめかみに当てた。

「中隊長殿！」

前列の上等兵がぱっと列を離れて、体当りで大尉にぶつかって行った。自殺をとめようと上等兵の手が大尉の右腕にのびたとき、拳銃の引き金がひかれた。大尉の身体は雪の上にうつぶせに倒れた。

弾丸は大尉の咽喉を貫いていた。みるみる、鮮血が雪を染めて行く。

「中隊長殿！」

兵隊は口々に叫んで大尉のまわりに殺到した。

「中隊長殿！」

正二も大声で叫んで駈け寄った。涙がせきを切ってほとばしり出た。

口のきけない大尉は、言葉がわりに字を書こうと手を動かした。曹長が通信用紙を鞄から取り出して、鉛筆と一緒に大尉に手渡した。

「天皇陛下ノタメニツクシテクレ」

死に瀕しながら、渾身の勇をふるって大尉は書いた。

「皇道維新、天下無敵、未練ハナイ」

血にまみれた手で、なおも書いた。しっかりした字だった。そして最後に、

「モウ一発ヤッテクレ」

早く死なせてくれと言うのだ。

「中隊長殿！」

雪に坐してみなは号泣した。瀬波を撃った者たちもこの大尉を撃つことはできなかった。血が雪にしみて、ひろがって行く。かき氷のイチゴを思わせる美しい色だった。正二は兄の進一が喀血したときに見た血の色を思い出した。

（こんなときまで、兄貴がつきまとってくる……）

正二はそれがいまいましく、兄貴のあんな血などより、大尉のこの血の色のほうが、ずっとずっと美しく、純粋だと唇を噛んだ。

その三

「叛乱鎮定さる！」

と大きな白ヌキの活字で出ている。！が二つも打ってある。こういう見出しの新聞の号外を進一が手にしたのは、麻布の家でだった。母の妙子が横から不安そうな顔で同じ号外を見ている。

「全部の帰順を終る」

見出しの隣りにはこう書いてある。進一は急いで記事に眼を通した。

――戒厳司令部午後三時発表、叛乱部隊は午後二時頃を以てその全部の帰順を終り茲に全く鎮定を見るに至れり。

「よかった」

正二もこれなら無事だと進一はほっとした。この正二のことが心配だと言う母に呼ばれて、進一は麻布の家に来ていたのである。

正二の入隊した聯隊が叛乱に参加していることを進一は新聞社に勤めている友人から聞いていた。社会部のその友人に頼んで調べて貰ったのだ。その結果、正二の中隊が首相官邸を襲撃したことも分った。襲撃後、そのままそこにとどまっていると知って、進一は正二にもしかしたら会えはしないかと雪のなかを行ってみたが、官邸を遠巻きにした鎮圧部隊に阻止されて、それ以上なかにはいることは不可能だった。

進一はこうしたことを母に話してあった。号外は母を進一と同じように、ほっとさせた。鎮圧軍の総攻撃というような惨劇を招くことなく、叛乱部隊が全部帰順したというニュースは、正二の生命に別条がなかったという点で母を一応安堵させたものの、しかし心配はまだ去らない。号外には正二の中隊長をはじめ叛乱部隊の将校たちが軍法会議に付されると出ていた。

「正二はどうなるんだろうね。やっぱり何かおしおきを受けるんだろうか」

古風な言葉は沈んだその語調を裏切って滑稽感をそそった。おかしいそんな言葉は、母としても日常使いなれたものではなく、異常な言葉使いにちがいなかった。それがつい口に出たのは、異常なその心配、ただならぬ心痛のせいとも言える。

「兵隊は上官の命令で動いているだけなんだから、処罰されることはないでしょう。処罰しないから帰順せよと、ビラや何かで言ってたはずだ」

「だって、それは将校たちにも言ってたんじゃないのかい？　だのに、裁判にかけられるなんて……」

「首謀者だからそれはしょうがない。正二は首謀者じゃないんだから大丈夫ですよ」

そう言い切ったものの、進二も正二たち兵隊が無難ですむかどうか、不安がないではなかった。

日本橋の店から父が帰ってきて、号外がやはり話題になった。これで正二の生命は助かったという安堵は父も同じだったが、二・二六事件そのものについては、こんな感想を口にした。安堵が言わせた感想とも思われる。

「政党政治があんまり腐敗してるから、こういうことになったんだな」

商家のあるじとして口はばったい政治論をすることは好まない父だったが、天下国家を論ずることの好きな明治人らしい慷慨癖はあって、

「今みたいな世の中では、こういう事件が起きるのも当然だよ」

と蹶起に対して父は肯定的だった。

「そんなことを言って、正二がこのために牢屋へでも行くようなことになったら、どうします」

万一そうなったときは父のせいでもあるかのような非難の口調で母は言った。

「あんたの言い方は、まるで正二がこんな事件にひっかかったのを喜んでるみたい」

「喜んでやしない。それとこれとは別だよ。わたしはあの青年将校たちが国を憂うるのあまり、

ああした挙に出ざるをえなかった、その気持、その志は汲んであげたいと思っただけだ」

「あの乱暴な人たちをそうやって庇って、正二があの人たちのやったことのために、どんな目に会わされるか分らないのに、それは心配しないんですか。どんな目に会わされても、いいと言うんですか」

「そんなこと言ってやしません」

と父は言葉を改めてきっぱり言ったが、母はきかないで、

「あの人たちのとばっちりを受けて、正二もあの人たちと同じように処罰されてもいいんですか」

と、くりかえした。

「そんなつもりで言ったんじゃない」

「いいえ」

と母は承服しなかった。天下国家のことよりも、息子の身の上を案じるのが親心というものではないか。そう言って、

「国がどうのこうのって、そんなことばかり言って、正二のことはどうでもいいみたい……」

「馬鹿なことを言うもんじゃない」

父もたまりかねて、どなりつけた。

「ああ、いやだ。いやだ」

母はヒステリーをおこして、

「進一は進一で、赤なんかになって、一生を台なしにしてしまったのに、今度は正二までが……」

「正二は巻き添えを食っただけですよ」

自分の意志であの叛乱に加わったわけではないのだから、きっと処罰されはしない。進一はそう言おうとして、つい、

「可哀そうに……」

単なる巻き添えなのに、もしもそれで処罰されるとしたら、それだけよけい可哀そうだ。

「可哀そう……？」

と母が聞き咎めた。

「正二は運悪くあんな聯隊にはいったばっかりに、可哀そうに、飛んだ巻き添えを食っちまった」

と進一は言った。妹の多喜子がいつの間にか座に加わっていて、それがここで、

「進一兄さんの場合だって、巻き添えだったんじゃないの？」

進一の言葉を、正二を軽蔑した言葉と取ったのか、

「正二お兄ちゃんのことを可哀そうだなんて、進一兄さんだって、同じだったんじゃないの？」

もともと進一が嫌いな多喜子は、進一の高慢ちきの鼻をへし折るみたいに言った。

「多喜子も子供とばかり思ってたら……」

出した。

と母は満更でない表情だ。多喜子はこの場合だけでなく、今年にはいって急にませた口をきき
父の辰吉は鋭鋒が自分からそらされたのを喜んで、

「多喜子はなかなか言うじゃないか」

面(めん)くらった進一は口がきけなかった。正二を巻き添えと見た進一は、自分の場合は自分の意志で運動に参加したつもりでいる。だが、多喜子の言う通り、あの時代の風潮に巻きこまれたのかもしれない。そうなると、同じような巻き添えだ。多喜子はそれまではっきりした意味で言っているのでもなく、進一の軽蔑から正二を庇う気持で、漠然と正二も進一も同じではないかと言ったのだろうが、進一はちょっと、ぐうの音も出ないみたいな状態に突き落された。

自分で自分を突き落していたとも言える。進一にはそういうところがあった。もうすぐ女学校だと言っても多喜子はまだ子供である。たかが子供の言うことだと思っても、その言葉を無視したり子供の言葉として軽くあしらったりできないで、まじめに受け取り深刻に考える。進一はそういう性質である。しかも現在の進一は運動から脱落し、脱落したままの自分だと思うと、多喜子に対して、何を言うかと反撃できないのだった。

進一は正二に会いたいと思って、その聯隊へ訪ねて行った。母に頼まれてのことでもあった。帰順したと言う以上、聯隊に帰っていると思ったのだが、叛乱部隊は他の聯隊に預けられて

いた。その聯隊へも行ってみたが、面会は許されなかった。剣もホロロに追い帰された。

進一と同じように面会をもとめに来た人々がたくさんいた。叛乱に加わった兵隊の身を案じたその家族たちは、営門から追われて、すごすごと帰って行く。彼らはみんな黙りこくっていた。なんにも別に言うことがないための沈黙ではなく、言いたいこと、訴えたいことがいっぱいあるので、かえって口を固く閉じているふうだった。いったん口を開いたら、とんでもないことが口から飛び出して来そうで警戒している。しかもお互いにそれぞれお互いを警戒しているふうだった。警戒という以上に、敵視と覚しい眼ざしさえ進一は見た。

面会が許されたのは、正二たちが原隊に帰ってからで、それも帰隊後ずいぶん経ってからのことだった。営門の桜がすっかり咲ききって、二・二六の日に降りしきっていたあの雪のように花弁が散っていた。

無事でよかったと進一は、日焼けのうすれた正二の顔を見つめて、

「無罪か」

「当り前だ」

正二は憤然と、

「それをまるで罪人扱いの取り調べをしやがった」

巻き添えなのだから無罪は当然だと言っているふうだったが、

「昨日も代々木練兵場へ演習に行ったら、子供が自分らを見て、叛乱兵だ叛乱兵だとぬかしや

がる」

そう言う正二は、父の辰吉のように蹶起を肯定し、それが叛乱と断定されたことを憤慨している。

「正二たちは無罪で、それで将校は?」

「衛戍監獄だ」

「将校はやはり軍法会議にかけられるのか」

正二は苦痛をこらえる表情で、

「自分らも前線に出される」

ひとしく懲罰を覚悟せねばならぬとしている語調だった。無罪が当然と言うのはやはり主観的なことのようだ。

「前から満洲行きはきまっていたんだ。内地に置いとくと、うるさいから、前線に出そうという肚だったんだろう。それで中隊長も、満洲へ追っ払われる前に、国賊を退治してやると言ってたんだが、残念ながら中途半端で終った。満洲行きはこれで早くなるだろう。監獄にぶちこむかわりに前線へ出すんだな。こうなったら、自分たちも中隊長の意を体して、もう一度蹶起したいと思うけど、指導者がいなくてはやはりできない」

この正二を進一が、巻き添えと考えたのは間違いで、みずから進んで参加したのだとも思える。

「処罰として前線へやられるのか」

前線出動は軍人としてもっとも名誉なことだと思われるのに、それが懲罰の手段に用いられるというのは奇怪だった。

「小銃だって処罰された」

と正二はほかのことを言った。進一にはその意味が分らなかった。

「自分らがあのとき持っていた小銃さ。それに機関銃も一緒に、あのときのものは全部ひとからげにして、倉庫へ放りこまれた。兵隊で言えば重営倉だ。兵隊を並べるみたいに、営庭に積みあげて——窓から見てたら、その前で何か読みあげて、何か言いきかせて、倉庫送りだ」

進一はふき出しそうになったが、正二は大まじめだった。笑いを失った人間のようだった。

「命より大事にしてた自分たちの小銃だと思うと、窓から見てて涙が出そうになった。その小銃を取り上げられるとき——武装解除だな、そのときだって、ずいぶん、もめたんだ」

首相官邸からトラックで全員がいったんここへ引きあげて、一晩泊って、翌日他の聯隊へ預けられたのだが、そのとき武装解除された。官邸から引きあげるとき、すでに武装解除の命令が鎮圧軍から出たのだが、そんなことをさせるんなら帰らないと抵抗した。結局、弾薬だけかえすということで話がついて、原隊へ復帰した。それがやはり翌日には、小銃から帯剣まで、のこらず取りあげられることになった。

まるで捕虜みたいな恰好で、移動が行われた。汚れた外套を着て、私物を包んだ風呂敷をさげて、そんなだらしない恰好が、武装解除された正二たちを一層惨めったらしく見せた。

正二はそのときの話をつづけて進一にした。他の聯隊に移された正二たちは、正規の兵営でなく、倉庫を臨時の宿舎に変えた建物のなかに入れられた。建物の周囲には縄を廻し、警備の歩哨が立っていた。捕虜みたいと言うより、正二たちはすでに捕虜扱いなのだった。その証拠に軍隊ではこういう場合、かならず不寝番を出すものだが、その規則がここでは行われなかった。

「小便に行くときも、いちいち歩哨がついて来た。大便に行って、すこし時間がながくなると、歩哨の奴が扉をたたいて、おい、まだか、何をぐずぐずしとる。くやしいったらありゃしない。その聯隊からも、自分らと同じような兵隊が出ているんだが、その歩哨の奴らは、蹶起に参加しなかった兵隊なんだ。それが同じ皇軍の自分らを、まるで敵の捕虜みたいに扱いやがる。蹶起に参加しなかった将校たちも自分らのところへわざわざやってきて、お前たちはなんてことをしたんだと叱りつける。名誉ある軍隊に泥を塗った。不埒なと油をしぼられた。くやしいが、相手は将校だから、こっちは直立不動の姿勢で聞いてなくちゃならない。でも、将校という将校が、みんなそうだったというわけじゃないんで、蹶起には参加してないが志は同じだという将校がいて――よくやった。ご苦労だったと自分らにそう言う将校もいた。だが、今さらそんなこと言ったって、激励にも慰めにもなりゃしない。今頃になって、よくやったもないもんだ、なにを言ってやがると、そんな気がしたね」

やがて取り調べがはじまった。営庭に天幕が数個張られて、そのなかで行われた。七人ずつ呼び出され、ひとりひとり調べられた。正二の取り調べに当ったのは憲兵軍曹だった。左右に付け剣の兵隊がいて、書記が尋問の次第を筆記していた。

「いやな者は残れと言われたのに参加した、これがいけないというわけなんだ。自分らの中隊長も、あの朝、そんなようなことを言ったのかもしれないが、覚えてない。言わなかったような気がするんだが――蹶起に参加するのがいやな者は参加せんでいい、そう言われたにもかかわらず、進んで参加した以上、叛乱罪被告人になると言うんだ。供述書には叛乱罪被告人とそう書いてあった。自分らの中隊長は、いやならいいなんて言わなかったと、そんなこと今さら言ったってはじまらない。いや、そんな卑怯なことを言う気になれなかった。むしろ自分から進んで参加したと言ってやった」

面会時間が早くも切れかかって、正二は口早に、

「兄さんに頼みがある。自分と一緒に入隊した初年兵の一人が、今度の事件で死んだんだ。瀬波と言う二等兵なんだが、新聞なんかには出てなかったろうな」

「出てなかった」

「ヤミからヤミに葬られるんだろうな」

帰順の直前に死んだのだと言う。

「自決か」

「いや」

中隊長は帰順直前に自決を企てたが、一命をとりとめたと正二は言った。

「鎮圧部隊に撃たれたのか」

進一が言うのを正二は聞き流して、

「今度の事件の犠牲者だ。自分らみんなに代って、彼ひとりが死んで行ったようなもんだ。遺族を慰めてやってくれないか」

「なんと言って慰めたらいいんだ」

「そうだな。遺族に言うんだから、一種の勇敢な戦死だったと言ったほうがいいかな」

「一種の……?」

「ひとり息子らしいんで、気の毒なんだ。何か手土産を持って行ってくれないか」

正二らしくないと進一に思わせるこまかい心づかいをして、

「頼むよ」

「うん」

「兄さんとこの澄ちゃん、元気?」

「ああ」

「お玉さんはどうしたろう。元気かな」

「おふくろやおやじのこと聞かないのかい。おふくろなんか、とても正二のことを心配してた」

「兄さんと同じ親不孝かな」

非合法運動をしていた時分は、進一の知らない初めての家を訪ねるのは、しょっちゅうのことだった。秘密の会合場所が絶えずかわるからだった。今まで行ったことのない家、知り合いでもなんでもない人のところへ行くのは、進一の性分として、いやなのだったが、気が進まないからとて、やめるわけにいかない。するうち、そういうことに進一もなれてきた。知らない家へ図々しく押しかけて行くことにならされた。

進一の知らない瀬波二等兵の家を訪ねてくれと正二から頼まれて、はしなくも当時のことが思い出された。シンパの家の一室を借りて、こっそり会合を開いたものだ。工場を終えてからの労働者も参加するので、会合は通常夜、（当時は新鮮だった左翼用語で言うと）持たれた。声をひそめ、そして煙草まで抑制したものだが、それは次のような例があったからだ。煙草のけむりが原因で、デカに踏みこまれたことがあるのだ。

締め切った部屋にこもった煙草のけむりが、障子のすきまから雨戸のすきまを抜けて、外へ溢れ出た。二階の部屋だった。けむりと一緒に外に洩れている電燈の光は、ほんの一条のかすかな光とはいえ、闇のなかだから、外から見ると、はっきり眼立つ。その光の中に、もうもうたる煙草のけむりが濃淡を描いて流れている。巡回の警察官がそれを見て、かなりの人数でないとそんなけむりは出ないと睨んだ。てっきりこれはバクチの開帳だとして署に通報した。特高に知らせたのではない。この非合法の会合は、係りがちがうデカに指揮された警官隊に襲われたのだが、結果としては同じことだった。

会合をやる家がいつも同じでは、人の出入りが近所からあやしまれるので、場所を常に変えねばならぬ。ちがった場所を会合の出席者に知らせるのは、街頭連絡のとき、口頭で行われた。口で説明された場所を、頭のなかに覚えこむのは、これも訓練がいった。口で言っただけでは分りにくい場所だと、地図が必要だ。バットのなかのうすい包紙がそれに使われた。切手ぐらいの小さな断片にして、それに地図が書かれる。その地図を渡す中途で万一つかまった場合は、それを口ん中に放りこんで、のみ下す。地図が警察の手に渡って、シンパの家に迷惑をかけてはならないからであり、そこに集まってくる同志たちに被害を及ぼさないためである。進一がつかまったときは、幸いそんな地図を持ってなかった。

進一の全然知らない瀬波家への訪問を正二に頼まれたが、以前とちがって進一にはそれが億劫だった。運動からずっと離れているため、人見知りをする昔の性分が戻ったのだろうか。気が重いのは、遺族を慰めてほしいと言われたその用向きのせいでもあった。進一にはこれがどうも苦手だった。一日のばしにのばしていた。

お定事件というのが起きて、巷の話題は二・二六事件よりもそのほうに移っていた。情夫を殺して、その性器を切り取って逃走した女の名をお定と言った。人々はその情痴事件を面白おかしく語り合うことで、二・二六事件が人々の心に与えた暗いおもいからのがれようとしていたのだ。

ある日、進一は翻訳の原稿を出版社へとどけた帰りに、日本橋の店に寄って、源七に会った。

正二から聞いた瀬波家の住所が源七の家と同じ区内だったから、どの辺だろうと源七に尋ねようと思ったのだ。

「誰かお訪ねになるんで……」

と源七はなつかしそうな笑顔で進一に言った。偏窟じじいと店では陰口をされるようになっていた源七も進一には普通りだった。

「正二から頼まれたんだがね」

事の次第を進一は言った。

「では、わたしがおともしましょう。明日、午後でしたら、わたしがご一緒にお探しいたしましょう」

店は夏物の納品が終って、ひと息ついているところだった。あと一月ほどすると、早くも冬物の取り扱いがはじまる。

源七が一緒に行ってくれるときまって、気が楽になった進一は、コーヒーでも飲もうと久し振りに銀座に出た。

気が楽になったとは言え、進一の心は決して明るくはなかった。銀座の明るい雰囲気は対比的に、自分の心が明るくないのを進一に感じさせた。それがいやだからというだけでなく、進一はこの日頃、暗いところにじっとしていたい気持が強かった。その暗いというのは心理的な意味だが、同じ意味で明るいところへ自分から出て行く気がしなかった。それは闘病生活のせいか、挫折のせいか、いずれとも進一には分らない。明るくない心にふさわしい、暗いところに静かに生きている姿勢を選びたいのだ。そのくせ、現在の生活からは出て行きたいという気持が動いていた。明るいところへというより、ちがったところへ出て行きたい。

眼はやはり明るいほうに向けていたいのだ。そんなことを進一が心のなかでつぶやいたとき、

「永森君」

と昔の友人から声をかけられた。大学時分、一緒に新人会に属していた友人で、現在は有力な綜合雑誌の編集者になっている。進一が非合法運動にはいっていた頃の、シンパのひとりである。

「せっかく会ったのに、残念だが……」

人に会う約束なので時間がないと言う友人と進一は道で立ち話をした。こういう場合の常として、昔の友人の消息が話題になったが、

「君もすっかりひっこんじゃったな。惜しいな」

と友人は言った。とまどった進一に、相手は共通の友人の名を言って、

「永森君があのままでは惜しいと言ってたぜ」

経済学部の研究室に残っていたその学友は、ある私立大学の助教授になっていた。

「君も翻訳なんかでトーカイしてないで、うちの雑誌に何か書いてみないか」

調査所にいたとき、進一はそこの資料を使って、ときどき原稿をその雑誌に書いていたが、運動にはいるとやめてしまった。筆の立つことを知っている友人は、小遣い稼ぎの雑文ではな

い、ちゃんとした原稿を書いてみる気はないかと進一に言った。

「今の時代をどう生きたらいいか。インテリの良心を持ちながら生きて行くにはどうしたらいいか。たとえば、そういったテーマなどどうだろう」

「ありがとう」

ちがったところへ出たい気持とは、こういうことともちがう。だが、友人の親切な言葉はうれしかった。

「時代がだんだん変ってきて、うちの雑誌も新しい執筆者を探してるんだ。もとのようなマルクス主義丸出しの公式的な論文ではもう駄目だ。と言って、露骨に時局に迎合したようなものは、うちではいやだ。ちゃんと筋は通っていて、しかしその批判が公式的でないのがほしいんだ。何か書いてみないか。載るか、載らないか、僕ひとりでそれはきめられないけどね」

進一はこのとき、女の笑顔が自分に向けられているのを見た。明るい笑顔である。

斜め向うのショウウィンドウの前に女は立っていた。有光と別れた美弥子のようだった。女のほうもこっちを、進一のようだと見ているふうだ。はっきりしないので、声をかけるのを控えている。そうとも見えれば、進一と分ってはいるけど進一のほうから挨拶するのを待っているとも見える。

（そうだ、やっぱり美弥子さんだ。）

美弥子の性格としては、後者がふさわしい。それも進一が友人と立ち話をしていることへの配慮と言うより、男の進一のほうから挨拶させようとしているのだ。

「じゃ、また会おう。社に電話してくれないか」

と友人が去って、進一は、

「しばらく」

と美弥子に声をかけた。すると美弥子はいきなり、

「わたくし、今度、西銀座で帽子屋をはじめることにしましたの。よろしく……」

帽子屋と聞いただけでは、とっさに呑みこめなかった。それは女の帽子屋だった。

「とっても、しゃれたお店になるはずよ」

「そうですか」

銀座裏の、その広くない道に電柱の多いのが、今日はなぜか、進一の眼についた。その電柱は田舎の小川の杭みたいに、さまざまに傾いている。これが西銀座で、こういうところに、しゃれたシャッポーの店を開くと言う。

「有光君は、その後……」

遠慮した声で言ったが、美弥子は通行人にまで聞かせるような声で、

「満洲へ行きましたわ」

香取潤吉も満洲へ行くと言っていた。

「満洲国の役人になったのよ。ご存知ないんですか。左翼は冷たいのね。あの人も、やっとま

あ……。いいえ、なかなか羽振りがいいらしいわ」

「そうですか」

進一は同じ言葉をくりかえしていた。

そこへ、ひと眼で画家と分る恰好をした安孫子がやってきた。何か用たしをして、あたふたと美弥子のあとを追ってきたふうで、

「やあ」

と進一に言って、茶褐色のソフトのへりを指さきでピンとはじいた。美弥子と劇団をやっていた頃の安孫子を進一はよく知らないのだが、当時美術学校の学生だった彼をたまに見かけたその印象と、眼前の彼とはひどくちがっていた。

画家らしい奇嬌と言うより柄の悪さが感じられる。それがしかし美弥子には好ましく見えるのか、そうと進一に告げる顔を安孫子に向けながら、

「今度のお店は、経済的出資は父がしてくれたんですけど、安孫子さんも……技術出資」

それを遮って安孫子が、

「左翼はもう駄目ですな。いまや、右翼の時代ですね」

あざけるように進一に言って、

「有光君も見通しが悪かったな。可哀そうに永森君の巻き添えを食っちまって……」

「巻き添えじゃないですよ」

「どうだっていいじゃないの」

美弥子は離れた眼を、きっと近づけるみたいにして、

「有光のことなんか、どうでもいいじゃないの」

その四

翌日、進一は源七に会った。

「手土産は何がいいだろうね。源さん」

「さよですね。どういうお家なんでしょうか」

「それが分んないんだ。果物（くだもの）かねえ。果物じゃ、病気見舞いみたいだな」

「つくだ煮なんかどうでしょうか」

「そうだ、それはいい考えだ」

「じゃ、それを買って行きましょうや、坊ちゃん。どうしても、坊ちゃんが出てしまう。いいでしょう、坊ちゃん」

「いいよ」

感傷が進一の胸を浸して行く。乾いた心を快く濡らしてくれる。それをひそかに求めて、源

七に会いに来たと言う気もする。

並んで歩くと源七の背がなんだか低くなったように思える。たしかに、年のせいですこし縮んだのだろう。進一は上体を傾け眼を離して、猫背が大分ひどくなった源七を見た。ズボンの膝が丸くなっているが、足もくの字に曲ったようだ。

「なんですか、坊ちゃん」

「源さんも年取ったな」

さよですかと源七は言って、

「正二さまはまたなんだって、その死んだ兵隊のことをそんなに……。わざわざ坊ちゃんに、おくやみに行ってほしいなんて、これはどういうんでしょう」

「自分が行きたいけど、行かれないからだろう」

「それは無理もありませんね。向うの親御さんだって、自分んとこの息子は死んだと言うのに、一緒に入隊した正二さまがピンピンしてるのを見るのは、いやでしょう。さぞや、つらいだろうと、正二さまもそこを考えると、行かれないですね」

「いや、正二はまだ外出できないんだよ。あの事件で外出禁止なんだ」

「あ、なるほど。いやな役目を、坊ちゃんに押しつけたわけじゃないんですね」

源七は恐縮して、

「それにしても、そんなことを坊ちゃんにお頼みになるのは、よっぽどその瀬波という人と親しくしてらしたんでしょうか」

「それもあるだろうが、自分たちのかわりに死んだようなもんだと正二は言ってた。全体の犠牲者、いや、事件の犠牲者と言ってたかな」

正二のそういう考え方は進一に好ましく思われたのだった。

「帰順のときに、いやだと反抗でもして、鎮圧軍に打たれたんだろう」

「だろうって、坊ちゃん――そこんとこを、はっきりお聞きにならなかったんですか」

源七に言われて、なるほどそこが肝腎のところだと気づいたが、あのときの進一は、正二からそんなことを頼まれるのはめったにない珍しさとして、その珍しさのほうに心を奪われていた。だが源七にそうとも言えず、進一は、

「面会時間が切れそうで、急いでたもんだから……」

「へえ、さよですか」

と言って源七は進一のうかつさを咎めるような口調になっていると気づいたらしく、

「いえ、あの……正二さまも、ご自分の入隊なすったあの聯隊が、まさかあんな事件をひきおこそうとは夢にもご存知なかったでしょうに、えらい目にお会いになったもんですね。その瀬波さんみたいに死なないで済んだのを、儲けものと思わなくちゃならないんでしょうか」

そして源七は二・二六事件に話を移して、

「あの青年将校たちの、したことは別にして、その精神は正しい、間違ってないと言う人もい

ますけど、わたしはそうは思いません。精神さえ正しければ何をしてもいいんでしょうか。人殺しをしようと何をしようと、かまわないんでしょうか。えらい人たちを殺したのを、わたしはいけないと言ってるんじゃございません。大臣だろうと誰だろうと、人を殺すのは、いけないことで、それをいけないと思わない精神が土台間違っていると思いますね。どうでしょう、坊ちゃん」

「源さんの言う通りだ」

「坊ちゃんはきっと、わたしの言うことに賛成して下さると思ってました。わたしは軍人さんが大嫌いですよ。軍人はほんとに思い上ってますね。世の中を自分の思う通りにできる、自分の思う通りにしようなんて——それがつまりファッショという奴なんですね」

「源さんもなかなか言うじゃないか」

父の言葉が進一の心に残っていて、それが出てきた。

「おかしいでしょうか、わたしがこんなこと言っちゃ」

「いや、おかしかない。僕も源さんと同じように軍人が、ファッショが大嫌いだ。でも軍人はいよいよばっこしてくるね。なんとかしてそれを防がなくちゃならないんだが」

「こんな話はやめましょう。往来でこんな話をして、うっかり誰かに聞かれたら大変です」

「源さんも赤にされるよ」

「それはかまいませんがね」

と源七は笑って、

「坊ちゃんとこうして仲よくお話をするのも……」

「久しぶりだね。源さんとこうして二人だけでいると、なんだかとても、なんて言ったらいいかな、とても幸福な感じだな」

「わたしも、坊ちゃん」

と言って源七は急に暗い声で、

「奥さまに——若奥さまに、ずっとお目にかかってませんが、いかがですか」

「いかがって、元気だよ」

と言った進一は、早苗との生活があんまり幸福でないことを源七が見抜いているようだと思った。

「たまには、お邪魔したいと思うんですが」

「来てくれよ」

「でも、若奥さまは、わたしのことをお好きじゃないようで……」

そんなことはないと言っては、ウソをつくやましさから免れない。

「この僕は源さんが大好きだ」

と進一は言った。

「それは……わたしだって、坊ちゃんが大好きです」

「うちで僕の味方は、源さんだけだった。だのに、源さんに僕はちっとも味方できなくて、すまないな」

「なにをおっしゃるんです、坊ちゃん。みなさんにわたしが嫌われるのは、このわたしが悪いからなんです。自分でそれは分ってるんですが」

源七は悄然と肩を落して、いよいよ猫背になって、

「わたしはほんとに甲斐性なしなんです。甲斐性なしのくせに……」

「僕だって甲斐性なしだ」

「いいえ、坊ちゃんはそんなことありません。そんな、わたくしみたいに、ひねくれちゃいけません」

源七はきびしい声で進一をたしなめた。

「お願いですから、坊ちゃん、ご自分をそんなふうにお思いにならないで下さい。坊ちゃんは世間の奴らとちがって、お心が綺麗で真っすぐなんで、世間をうまく狡く渡れないんです。でも、それでいいんです。それで通して下さい。源七は今のままの坊ちゃんが好きなんです」

つくだ煮を、その老舗として有名な店へ行って買って、そして電車に乗った。混む時間ではないので、並んで腰かけられた。二人は黙って電車に揺られていた。黙っているほうが、心が通いあう感じだった。

そうした沈黙ののち、

「源さん」

「へい」

「僕は来年三十だ」

「はあ」

「僕ももう三十歳だ」

源七は短い返事だけしていた。進一もそれなり口をつぐんだ。やがて源七が、

「坊ちゃん」

「なんだい」

「あたしは来年、五十七です」

「ふーん」

「大旦那さまのなくなられたお年です」

「あ、そうか」

「あのとき、坊ちゃんは十四、中学の二年でしたね」

「よく覚えてるね」

進一はあの頃、なぜかこの源七が嫌いだったのを思い出した。

「十四と言えば、うちの澄ちゃんが十四だ。今年女学校へはいった」

「その澄子さんのことで、坊ちゃんに、ちょっと……。いや、あとにしましょう」

「何か……」

「いえ、あとでちょっと……」

橋際の停留所で電車を降りた。掘割りに沿った道へ、進一を導いて、

「向うの橋のさきが、坊ちゃんのおっしゃった町ですがね」

と源七は言った。源七はその町に住んでいた。向島の仕立屋の二階からここに移ったのは、もうずっと前のことである。

二階の間借り先を進一が訪ねたため、加代との同棲がばれ、それがきっかけで正式に世帯を持った。そのとき、源七はここに一軒、家を借りたのである。

油が青く浮いた掘割りの水面に、西陽が強くさしていた。夏の近いことを思わせる照りかえしが進一の眼にしみた。青光りした油は、水面にじっとよどんでいるようで、刻々に下流に動いている。

砂を積んだだるま舟が一艘そこにいた。岸との間に板を渡し、半裸の男がワタリをしなわせて、砂を岸に運んでいる。天びん棒の両端に、砂を盛ったパイ助をさげて、足早やに渡る男の黒い背は汗で光っていた。水面に砂がほろほろとこぼれて、小さな波紋をえがく。いくつも次々にできる波紋は、大きくひろがらないで、すぐ消えた。それは掘割りの水が、眼には見えないゆるやかさだが、それでも流されているからだった。

船頭の女房が砂のなかに突きさしたシャベルに肘を当てて船の中に立っていた。男が岸から

船に戻るのを待って、カラになったざるに砂を入れるのが女の役目なのだ。

なんでもない市井のこの風景が進一に、進一などの生活とはちがう生活を感じさせた。汗の吹き出た裸体のように、むき出しの、ありのままの生活、生活というものをじかに感じさせる生活。それが進一に生活とはこういうものだと思わせた。

それは貧しい生活、苦しい生活である。しかしそれを、虐げられた生活、虐げられたままにしておいてはならない生活といったふうな観念で見ることはできなかった。生活をじかに感じている心には、そんな観念のはいりこむすきまがなかった。生活とはすべてこのように、貧しい生活でなければならぬということではない。そういうこととはちがうが、進一は自分をこうした生活から遊離した存在と思わせられた。遊離とまで言わなくても、川面に漂う青い油のような生活と思わないわけにいかなかった。

赤土色の四角な七輪がぽつんとひとつ置いてあるへさきに、幼い女の子がひとりで遊んでいた。ひとりで寂しく――だが、寂しくと見るのは、こっちの感傷だ。放ったらかしにされているとはいえ、働く親たちのそばにいることが幼児を、安らかな安定した気持にしているようだとは思うものの、進一は、

「あぶないいな」

と見て、それを言葉にしていた。その進一に源七が言った。

「坊ちゃんとこは、赤ちゃんはまだ……」

「うん」

「子供は、やっぱり、なくちゃいけませんね。子供がいなくては寂しい……」

「源さんとこだって……」

「ですから、坊ちゃんにそう申し上げるんで……」

源七はふと話題を変えて、

「正二さまもおうちをおつぎにならないんでしょうね」

「さあねえ」

「多喜子さまにお婿さんを取って、あとをおつがせになるつもりなんでしょうね」

それを養子の父の考えと推測して言っているのか。それとも母の考えと見ているのか。そこははっきり言わず、源七はただ曖昧にそう言って、

「坊ちゃん、おうちのお仕事をなさっちゃどうです」

「無理だね」

「わたしが及ばずながら、お手伝いします。いや、こんなこと、おすすめしないほうがいいかな」

「なぜだい」

「坊ちゃんには坊ちゃんの仕事がおありなんだから……」

「仕事と言えるような仕事じゃないがね」

「坊ちゃんは、そういうご謙遜なところがいいんだが、源七にはちょっと……生意気を言わせ

て貰えば、不満ですね。ご自分でご自分を、いつも、こう、なんて言ったらいいか、潰してばかり……」

「自己否定……否定してばかりいる?」

「そうなんで……それもお口でそう言ってるだけならいいが、いえ、お口でそうおっしゃるもんだから実際に……言ってみりゃ、ご自分がせっかく立とうとするところを、自分から自分の足をすくうことになるんで……そうじゃないでしょうか。ご自分をご自分で地べたに倒してらっしゃる」

「なるほどねえ。しかし今言った、今の僕の仕事が仕事らしい仕事じゃないってのは、ほんとのことなんだ」

「すみません。今日はどうしてこう、坊ちゃんに食ってかかるようなことばかり言うんでしょうか」

「いいよ。別に僕にからんでるわけじゃない」

「じゃ、ついでに——ついでにと言っちゃ、なんだが、実はお玉さんの……あの澄子さんのことですが、ほんとはわたしんとこに預らせていただきたいと思ってました」

「やっぱり、そうだったのか、源さん」

「てっきり、うちに預らせていただけるもんと……。お気を悪くなさらないで下さい」

「僕もはじめはそう考えてたんだが」

「奥さんがいけないとおっしゃったんで？　坊ちゃんとこの若奥さんのことじゃなくて……」

「そういうわけでもないが、前にお玉さんとこへ、いやな役目で使いに行ったのは源さんだろう。手を切らせに行ったのは……だから」

「だからこそ、源七はお玉さんのあの澄子さんを大事に、わたしの手で育てたいと前からそう思ってましたんで。どうでしょうか、坊ちゃん。猫の子じゃあるまいし、そう簡単に、坊ちゃんとこからほいと、わたしんとこへというわけにもいかないでしょうけど」

「相談してみよう」

「若奥さんと？」

「いや、おふくろやおやじにも相談しなきゃ、まずいだろう」

「さよですね」

と源七はしょげたふうに言って、

「お玉さんの娘と言っても、旦那のお嬢さんなんですから、それをわたしの養女にしたいというわけじゃないんで……籍までわたしに下さいとは申しません。わたしも子供がいなくて寂しいもんですから……坊ちゃんとこもお子さんがいらっしゃらないが」

「お玉さんにもやっぱり話をしなくちゃなるまいね」

「それは、わたしが言います。実はお玉さんがこの間、わたしんとこに、ちょっと相談に来たんです」

「相談……?」

澄子を引き取るにつけて玉枝にはしばしば会っているのに、その進一のところへ相談に来ないで、源七のところへ行ったと聞いて、進一はいやな気がした。

「なんの相談……?」

「お玉さんも悪い男にひっかかったもんです」

源七はそう言って、

「おっかさんでもいれば、あんな男にひっかかりはしなかったでしょうに、おっかさんが死んだもんで……。いればいるで、苦労だし、お玉さんも因果なひとですね。ずっとおっかさんをかかえて、どうにも身の自由がきかないで気の毒でしたがねえ。その重荷がとれて、ほっとして、魔がさしたんでしょうね」

今までいくらもゆっくり話ができたのに、瀬波の家に近づいてから急にせかせかとこんな話をはじめた。

「亡くなったご隠居さんは、わたしがお玉さんを嫁に貰ったらと思ってらしたようですが、いえ、これはわたしの邪推かもしれませんがね。それじゃ、坊ちゃん、源七もあんまり可哀そうですよね。坊ちゃんのお父うさんのお古をいただくのはいやだというんじゃありませんがね」

「うちのおやじも困ったもんだな。お玉さんのあと、今度は芸者……」

「あれは旦那からしぼれるだけしぼって、逃げちまったようですよ」

源七は口早に言って、自分の話題に戻して、

「このわたしはまた、いくじがないと言うか、だらしがないと言うか手を出すにことをかいて、お店の女中に……と、みなさんのあざけりの種になったもんだが、一時はわたしだって、ひとつ、素敵な娘でも貰って見かえしてやろう……何もご隠居さんにというつもりじゃございませんが、そんな気を一時おこしたこともありますんです。でも、加代は気立てのいい女でしてね。あとで坊ちゃん、うちへ寄って下さいませんか。加代の奴がどんなに喜ぶか分りません」

このとき道の片側に八百屋を見かけた源七は、

「ちょっと、その瀬波という家を聞いて参りましょう」

と店先へ小走りに駈けて行った。

このあたりは大正十二年の大震災の際、幸いに災害を受けなかった地域である。古い家並がひと目でそのことを告げる。この一劃だけ助かったのは、掘割りのおかげで類焼をまぬかれたのか。

舗装をしてない道は、埃よけの水が撒いてあるところと、撒いてないところとあって、だんだら模様になっていた。八百屋の前は撒いてないが、魚屋の前は撒いてある。道の片側はそうした商店がならび、片側はしもた家だった。そのしもた家は、玄関の古びた格子から、なかの下駄が丸見えといった小さな平家(ひらや)ばかりである。

その一軒の、道に面したれんじ窓の下に朝顔が一列に植えてあってツルはまだそんなに出て

ないが、早くも井型の竹が当てがってある。進一の眼をひいたのは、それだけではなかった。心ない通行人の足からその朝顔を守るため、半円形にしなわせた細い竹を、公園の花壇の柵みたいに交叉して地面にさしてある。正二も昔は草花が好きだったなと進一が見ていると、

「分りました」

と源七がやってきて、その道のすこし先にある門を指さした。

一見門構えの邸宅のようだが、その門をはいると、なかには左右に長屋が建っているのだ。昔の東京によくあった形式で、それとすぐ分る門なのだ。

もとは夜、門を締めるようになっていたのだろうが、今は門柱だけしかない。その門柱に表札がいっぱい掲げてあった。

「ほう、仕立屋さんですね」

と源七が言った。やや大き目の板に「仕立物致します　瀬波」と書いたのが、門の片方に打ちつけてあった。源七がもと二階借りしていた家も仕立屋だったから、ほうと言ったのだろうが、進一の胸にも特別のおもいが湧いた。源七のところを進一が訪ねたのは、習志野からの帰りのことだった。そのときの進一は胸に大きな穴があいたようなおもいだった。あの習志野の女はどうしたろう。進一は父の血が自分にも流れているように思われた。

瀬波の家は一番奥にあった。どんづまりの向うは大きな屋敷らしく、塀の上に枝葉を繁らせ

た庭の木が、さらでだに日当りの悪いそこを、一段と暗く陰気にしていた。

「ごめん下さい」

ひっそりとした玄関の格子に進一は手をかけたまま、あけないで言った。源七のいた仕立屋とちがって、裁縫の稽古に来ている娘たちの下駄が賑やかにそこに見られるというのではなかった。上り框の向うの障子はぴたりと締められていた。

「今日は……」

もう一度、声をかけて、格子をあけた。鈴がチリンチリンと鳴るというのでもなかった。

家のなかから、

「はい」

と返事があった。瀬波の母と思われる女の声だ。

障子がすっと開かれて、

「どなたさまで……」

白い女の顔がそこに現われた。進一にはその瀬波の母が意外な若さに見えた。自分の母ぐらいの齢を想像していたせいもあろうか。

「永森と申しますが」

気が重かったこの訪問だが、いざとなると、すらすらと言葉が出た。

「名前を申し上げてもご存知ないと思いますが、僕の弟が実は瀬波さんと同じ聯隊でして

「……」

「はあ」

瀬波の母は居ずまいを直して進一をまじまじと見つめた。さびしい胸もとに着物のえりがきっと合わせてある。

「この間、弟の聯隊へ面会に行きましたら、瀬波さんの話が出まして、弟からぜひ、こちらへ伺ってほしいと言われたんです。弟はまだ外出禁止で伺えないもんですから、僕に代りにと言うわけで……」

「はあ？」

と聞きかえすみたいに言って、瀬波の母は眉のあたりに警戒の表情を浮べた。それは進一が正二を初めて聯隊に訪ねて追いかえされたときに見た、同じ目に会わされた家族たちの表情を思い出させた。あのときの敵視と覚しい眼ざしとそっくり同じものが、瀬波の母からも感じられた。

「まことにご愁傷さまで……」

こういう月並の言葉は、そらぞらしい感じがして進一には苦手だった。瀬波を直接に知らない進一には、そのそらぞらしさが一層強く来た。

「弟の話ではしかし、瀬波さんはご立派な最後を遂げられたそうで……弟の言葉ですと、勇敢な戦死をなされたそうでして、それをぜひ、お母さまにお伝えするようにと……」

瀬波の母は黙っていた。今までも、はあとしか言わなかったのだが、それが急にぴたりと押し黙った。

「坊ちゃん」

うしろから源七が、つくだ煮の折りを差し出した。進一はその手土産をそっと敷居の上に置いた。

「なんでしょうか」

と瀬波の母はつぶやいて、

「これは、なんでございます」

開き直って言った。

「いえ、別に……」

こういう応対は下手だった。

「つまんないものですが、どうぞ……」

「いいえ、こんな……」

汚いものでも見る顔で、

「こんなもの、いただくわけにいきません」

きっぱりと、けわしい声で言った。

進一の困惑を源七が見かねて、

「そうおっしゃらないで、お納め下さい。初めてこちらさまへお伺いするのに手ぶらでもと坊ちゃんが——いえ、失礼いたしました。わたくしのご主人の、こちらはご長男でいらっしゃるもんで、つい……」

「そんなこと、どうでもよござんす。どんな大家の坊ちゃんか存じませんが、お伴を連れて——お伴にこんなもの持たせて」

と彼女は進一を罵った。源七はヤブ蛇にあわてて、

「これは、さきほど話に出ましたこちらの弟さんが、ぜひ、お宅へお伺いするときは何か手土産を持ってとおっしゃったんで……」

「その弟さんは、なんという名なんです」

言葉がぞんざいになるにつれて、初めは若い印象だった顔も醜く老けて見えた。

「永森正二……瀬波さんと同じ二等兵です」

進一が言うと、瀬波の母は、

「ショウジってどう書くんです」

「大正の正に、二です」

「よく覚えておきましょう」

胸にたたみこむようにうなずいて、

「うちの一郎を殺したのは、あんたの、その弟さんなんですね」

「殺した……?」

「だから、こんなもの持って……これが何よりの証拠。こんなものでごまかそうたって、そうはいくもんですか」

自分の言葉に激した彼女は、つくだ煮の箱をつかむと、玄関の三和土にたたきつけた。

自分に投げつけられたかのように身を避けた進一の眼に、このとき、障子の奥がちらと映った。手頃に切った角材をふたつ、足代りに下に並べた裁ち板に、賃仕事の縫いかけの着物が置かれ、その横に、なが年の使用を一目で知らせる古びた針箱と、針さしの赤い玉が見えた。その玉は真新しい赤さだった。

「弟が瀬波さんを……？　それはどういう……？　僕は何も知らないで伺ったんですが」

「一郎は背中を撃たれて死んだんですよ」

瀬波の母はこめかみに、青い静脈を浮かせて、

「仲間うちの誰かからやられたとは聞いてましたがね。それが誰かは今まで分らなかった……」

「その話はどなたからお聞きになったんです」

「こういうことは自然と耳にはいるもんでね。ところがこの間、うちへ憲兵が来て、あたしにこう言うじゃありませんか。変なうわさが耳にはいっても、よけいなことを言いふらしてはいけないって、おどかすみたいに言ってったんで、かえって、はっきり、それが事実と分っちゃった。あたしはそれで、一郎を殺した下手人をなんとかして知りたいもんだと思ってたところへ、

あんたが……」

「僕の弟が下手人……?」

言いながら源七の顔を見た。瀬波の死因を正二からはっきり聞いておかなかったうかつさは、源七からつとに指摘されていたことだ。あのとき源七はすでにこういう事態を予測していたのだろうか。源七はしかし、泣き出しそうな顔をしていた。瀬波の母の、怒りにこめられた悲しみに打ちのめされていた。

「しらばっくれるのも、いい加減にしたらどう?」

とっとと帰れと瀬波の母は言って、

「帰ったら、あんたの弟さんに言っといて貰いましょう。ひとり息子を殺されたこの怨みは、きっとはらしに行きますからね」

――進一は自分のうかつさを思い知らされた。生活に対しても、うかつなのだ。すべてについて、うかつなのだ。

澄子を引き取ったのも、そのうかつさのひとつだ。地に足がついてないヒューマニズム――甘いというより、うかつなのだ……。

正二にいっぱい食わされたのか、それを進一は問いただしたかった。真相はどうなのか、それをたしかめたいと思ったが、当の正二が突然満洲へやられた。

反乱部隊が前線へ出されるという話は正二からかねて聞いてはいたが、こんなに早いとは思わなかった。

進一は父母と一緒に、深夜、品川駅へ送りに行ったが、ホームに麻縄が張られていて、軍用車には近づけなかった。日の丸の旗を持った見送りの家族たちのごった返すなかで、正二の顔を見つけ出すだけでもひと苦労だった。やっと探し出した正二に、

「元気で行っておいで」

と母の妙子が叫んだ。車窓からいくつも重なりあって顔を出している兵隊の、そのひとつの正二の顔に向けて、妙子が叫んだそのひと言もホームの喧騒で消されて、正二の耳にとどいたかどうか分らない。

「お国のために、しっかり働いてくるんだぞ」

と父が言った。母はわあっと泣き出した。うしろからぐいぐい押されて、その母の身体に縄が食いこんだ。

縄のために今にも母の腹が切られそうに見えた。進一は縄に手をかって、母と縄の間に自分の身体をひそませて、母を守った。ごりごりした太い麻縄は、手の皮がむけそうなくらい痛かった。その痛さをむしろ進一は好んだ。痛いが手ごたえのある、痛いから確実感のある手ざわり、それは進一に快かった。

源七から言われた澄子のことを、進一はこの母にすでに話してあった。母は考えこんで、決

断の言葉を下さなかった。話はそのままになっていた。父にはこのことはまだ言ってなかった。

正二が満洲にやられた翌月、二・二六の将校たちに死刑の判決が下り、直ちに処刑された。自決をはかって一命をとりとめた北槻大尉も銃殺されたのである。

その五

夏が来た。

進一は原稿を書き悩んでいた。雑誌社の友人から書けとすすめられた評論に、もうながい間、とり組んでいた。

進一はそれを書きたいのだった。そうしてジャーナリズムに名を出したいというような野心ではない。そうして陽の当る明るい場所に出たいということでもない。

しかし時世が右に傾くとともに、外国物の翻訳で生活することが心細くなってきたことは事実だった。転身が必要なのでもあった。だが、そうした外的な事情から進一はこの原稿を書こうとしたのではない。内的な欲求がそこにあって、書きたいのであり、書かずにいられない気持にさせていた。

生活に即きたい、即かねばならぬという実感を進一は書きたいのだ。それをインテリの今日の生き方として考えたいのだ。反動期におけるひとつの生き方として追及したいのだ。他人に向ってそれを説くというより、何よりも自分の問題として書こうというのだが、そうすることが自分を含めて全体の問題になるという意識がそこにあるから書きたいのでもあった。

良心の挫折はかつての急進的なインテリをデカダンに陥らせていた。そしてそれは一般に現代のインテリの精神的傾向になっていた。すべてを悪しき状況のせいにする、主体性の喪失である。歴史の進行は、それが必然的なものなら、人まかせにしておいてもいいという類いのデカダンからはじまって、さまざまのデカダンが生じていた。

転向者も多くはこうした頽廃に陥っている。反動の波に身を漂わせている形で、むしろ波の高まりを助けている。

こうしたデカダンから立ち直り、精神の健康を取り戻すにはどうしたらいいか。

真の生活者にデカダンはない。デカダンとは元来無縁の生活と遊離しているところに、精神の頽廃が生じるのではないか。

進一はそう考える。生活に即かねばならぬ。しかし進一にとってそれはしょせん彼の願いで、みずからの具体的な実践から来たものでないことが、原稿を書き悩ませていた。観念を排したいと言いつつ、これもまた観念的な願いなのかもしれぬ。

転向者のなかには、マルクス主義にかわる新たな観念をつかまねばならぬと強く主張する者もいた。それは明らかにファッシズムへと傾いて行く観念だった。だからデカダン派は、まだデカダンのほうがいいと自己肯定をする。

急進的なインテリは求道者タイプが多く、マルクス主義を捨てねばならぬとなると、何か別の観念をつかまないと不安なのだ。自分が観念をつかむというより、逆に観念に自分がつかまれていないと不安なのだ。

進一は彼自身も求道者タイプではあったけれど、かかる転向者の主張には怒りを覚えさせられていた。それは悪辣な挑発者の役目をすら果していた。彼らに対する怒りが進一に、書きしぶっていた原稿を書かせた。

ある日、進一は書きあげた原稿を持って雑誌社を訪ねた。一応読んでみてくれないかと言って原稿を渡した。

進一は昂奮していた。燃えつづけた火がまだ消えないで胸のなかに残っている感じだった。雑誌社の友人に会ったことで、美弥子の店を思い出させられたが、進一の昂奮と美弥子の存在とはあまりにも異質的だった。寄らずにそのまま家に帰った。すると早苗が、

「重野さんが来たわ」

と声をひそめて言った。とっさに誰のことか分らなかったが、

「兄の友だちの……」

と言われて思い出した。岸本から、かつて個人的な友人として紹介されたことのある同志で、

そのとき重野という本名を知らされた。その後もたまに会ったが、組織では本名を使ってないので重野の名が記憶からうすれていた。岸本と同じ全協の日本電気労働組会で働いていたが、間もなく上部機関に移ったと聞いた。いずれはふんづかまったにちがいないが、出てきたんだなと思いながら、

「なにしに来たんだい」

「カンパ」

早苗は坐りこんだまま、何か思いつめた顔である。

「なんのカンパだい」

個人的な生活費のカンパか。そんな見当だろうとタカをくくって、

「あの原稿、どうかな。載るかな」

「原稿……?」

「いやだねえ。今日、持って行った原稿だよ。苦心の力作……」

「編集の人は、なんて言ってたんです」

早苗はお座なりの声だった。

「渡しただけだから、まだ読んでない」

「あたしだって、読んでないから、なんとも言えないわ」

原稿ができたとき早苗は、読んでみたいと言っていたが、進一は言を左右にして見せなかっ

た。現在の進一を批判的な眼で見ている早苗のこと故、読めばきっとケチをつけると思ったからだ。

「それより、これをごらんなさい」

と早苗は座蒲団の下から、四つにたたんだ謄写版刷りの印刷物をそっと出してきた。

「なんだい」

進一はなにげなく受取って、

「重野君が置いてったのか」

折りたたんだのを開いて、息をのんだ。ガリ版刷りの「赤旗」だ。

(――党は健在なのか)

すでに潰滅したものとばかり思っていた。潰滅のままだと思っていたが、その「赤旗」には、

国際共産党日本支部

日本共産党

中央再建準備委員会

機関紙第一号

と機関紙名の下に四行にわけて、もとは右からの横書きだったが、これは左横書きである。「赤旗」という機関紙名の背景は、もとと同じような図案で、右肩に星が大きく輝き、銃剣と並んで赤旗がひるがえる下に鉄鎚と鎌の模様があって、それに「万国の」「労働者」「団結せよ」と

三行の横書きの文字が出ている。きたないガリ版とは言え、八ページもある「赤旗」だった。もとは三銭だった紙代が五銭になっている。「二・二六事件と現政治情勢」という見出しの論文が一面から四ページにわたって掲げてあって、その三ページ目に「党再建基金三千円募集！」というアピールが出ている。三万円でなく三千円というつつましい金額が進一の胸をついた。重野はこのカンパに来たのか。

「部数がないから、あとで返してほしいって言ってました」

　重野の言葉を早苗は伝えた。進一は黙ってアピールを読んでいた。「ナァ——工場農村兵営の兄姉たち！　此頃程俺達日本のプロレタリアートが勇敢に闘はねばならない時はねーだらう、若し此際奴等の攻撃にへたばつて了つたら一体どうなるんだ？　それこそたぎりたつ戦争と飢餓の坩堝(ルツボ)の中へ、忽(タチマ)ちたゝきこまれて了ふ事は火を見るより明らかだ。今俺達はプロレタリアートの結集部隊——共産党の再建の為に狂暴無比(モノスゴイ)な敵の弾圧をはね飛ばし、あらゆる過去の偏向(アヤマリ)を克服しつつ、勇敢に闘つてゐる。」アピールの文体が以前と大分ちがっている。偏向に「アヤマリ」とルビを振ったりして、大衆的な呼びかけをしている。

「頑張ってるね」

と進一は言った。再建など夢にも考えられない潰滅状態だとばかり思っていた進一は、うめくように言っていた。

　強烈な光をいきなり浴せかけられたかのようだった。しかしその光は、漂流者が暗黒の海に灯を見出したときのような喜びを進一に、かならずしも与えたのではなかった。進一の心に喜びがなかったとも言えないが、強烈な光を突然、眼に当てられたときのあの痛みに似たものが進一の心を貫いた。

痛い！　と言うかわりに進一は、

（——偏向(あやまり)？）

と心の中で叫んでいた。「あらゆる過去の偏向」？——それは進一の歩んできた道のことを指摘している。前衛組織と大衆組織の極左的な混同もそのひとつだが、進一は当時その「偏向」にみずから気づかないわけではなかった。しかし上部の方針と指令に黙々と従わねばならなかった。そしてまさしくその「偏向」の故に、進一は捕えられ、拷問を受け……。

（その俺に……）

これは口のなかで、

「重野はシンパになれと言うのか」

つい、うんざりしたような声になっていた。

「いや……？」

進一の心をのぞきこもうとするような早苗の眼つきだった。運動からずっと遠ざかっていて、今ではシンパになることさえ尻ごみするような進一になっているのか。早苗の眼はそう言っていた。

にわかに汗がふき出してきた。心がかっと熱したからか。進一は息苦しそうにネクタイをゆるめて、

「シンパに落ちぶれたわけか」

「だったら、あんたもやったら……」

そら来たと進一は思った。きっと早苗はそう言うだろうと予測していた。それを進一は待っていたのではない。予測していたとは言え、予測の的中はこの場合、快いものではなかった。予測していたからあわてはしなかったが、しかし早口に、

「そう、君、簡単に言うなよ」

「だって、シンパじゃ不服みたい……。重野さんと一緒に、あなたもやったら……」

「それは君の意見か？　それとも……」

「あたしの意見じゃ、いや？」

これだ——進一はうんざりして、だから、口をつぐんでいた。ワイシャツをぬごうとボタンをはずしていた手で、「赤旗」を早苗に突っ返すようにして、彼は狭い庭に面した縁側に行った。早苗から、そして早苗の話から離れる形であり、自分自身の不機嫌からも自分を離そうとしたのである。

「澄ちゃん、遅いね」

早苗は黙っていた。進一も黙って、軒さきにマクナシの群がかたまって舞っているのを見た。

「明日は雨かな」

「蒸しますね」

と早苗は応じてきた。こういう調子ならいいぞと進一は、

「澄ちゃんをどこか遊びに連れてってやらなくちゃいけないね」

「そうですね」

気のない声だった。澄子が来てから、この家の庭にはいろいろな草花が植えられて、眺めが一変した。澄子は花が好きなのだった。

正二とちがって草花などに興味のなかった進一も、澄子の手伝いで庭の手入れをした。早苗はあまり手を貸そうとはせず、庭にくさむらができて蚊がふえたと言っていた。

「雑誌社で今日、正二の話が出たんだが」

団扇で胸に風を入れながら進一は言った。

「まさか正二が同じ初年兵の瀬波を射ったとは思えない。しかし誰かが射ったことは事実なんだ」

早苗はもっと重大な話があるのにと固い表情だった。じっと坐ったまま動かない身体にも、固い表情があった。

「瀬波というのはきっと卑怯未練な男だったにちがいない。雑誌社の友人はそう言うんだ。軍隊というところは——軍隊だけと限らないが、そうした男が眼のカタキにされて、いじめられ

る。それで結局、殺されたんだろうと言うんだ。だから、瀬波のお母さんは、そういう軍隊を憎むべきなのに、個人的な下手人を怨んでる」

「愚かなのね」

と早苗は頭ごなしに言った。どうしてこうなんだろうと進一は、むしろふき出しそうになった。そしてそのくらい気持に余裕ができれば結構と、進一は自分に言って、

「愚かと言えば、愚かだけど、しかし……」

「愚かよ。弁解の余地ないわ」

「ま、待てよ。軍隊そのものを憎むというのは、いわば抽象的な憎悪で、そういうのは瀬波のお母さんのような人には無理なんだね」

「どうして無理なんです?」

「正二を怨んでれば、具体的な対象が与えられるわけで、そのほうが自然なんだ」

早苗に調子をあわせた理窟を言ったが、

「自然というよりそれが愚かな証拠だわ」

「しかし、友人が言うには」

進一は笑いながら、

「なんでも公的な見方で紛らしてしまうより、そういう私的な見方も面白いと言うんだよ」

「面白いなんて、変だわ、そんな」

「女性は観念的なようで、実はリアリストだ……」

「それはお友達の意見?　それとも……」

「浴衣くれないか」

着替えの浴衣を出してくれと進一は言った。出してくれるのを待っていたが、しびれを切らして言った。

「シャツが汗でベトベトなんだ」

早くそれをぬぎたいのだと進一が不満を声に出すと、

「そんならそうと、早く言えばいいのに……」

と早苗も不満そうに言った。

その通りだ。黙ってないで言えばいいのだ。しかし進一としては、

(言わなきゃ分んないのか)

そう言いたいところだ。暑い外から帰って来たら、汗びっしょりなことぐらい、言わなくても分ってそうなもんだ。

これは進一が、サナトリウム時代の早苗の、こっちで言わなくてもちゃんと気のつく、その至れりつくせりになれっこになったせいである。そして今の早苗がサナトリウム時代とはちがってきたせいでもある。

坐ったきりだった早苗がやっと身体を動かして、浴衣を取りに立った。サナトリウムではこ

んなことはなかった。早苗はこんなではなかった。もとのようなまめまめしさが失われている。失わせたのは、進一だ。進一に対する幻滅が早苗からまめまめしさを失わせたのではないか。そう思うことが進一を一層内攻的にしていた。

新しい浴衣を出した早苗は縁側の進一に、こっちへいらっしゃい、そんなところでは話ができないと言わんばかりに、部屋のなかに立っていて、

「関西にはもう再建委員会がちゃんとできてるんですって」

「重野の話か」

「関東はこれからなんで、木村君にも働いて貰えないかしらって、重野さんが言ってたわ」

木村とは進一の運動時代の変名である。

「シンパから一躍、党員候補か」

進一はおちゃらかすように言った。早苗の気を悪くさせると分っていながら、そう言って、

「君の兄貴にすすめたらどうだい」

「あの人はもう駄目」

「僕はまだいくらか望みがある?」

むしろ自嘲的に言って、

「飛んで火に入る夏の虫みたいなもんだがな」

「でも、誰かがやらなくちゃ……」

「それは分ってる」

「でしたら、この際、重野さんの手伝いをしてあげたら……」

大義名分をふりかざしてこられると、真向から太刀打ちはできない。

「大事な火は誰かが次々にそれを守って、あくまで、その灯をかざしていなくちゃならない。それは分ってるけど、問題はしかし、その誰か……誰がかざすか」

「誰かというより、みんなが……」

それは観念論だと言いたいところだったが、

「そうにはちがいないけど」

進一は譲歩して、

「しかし誰でもいいということにはならない。またもや、あやまちを犯すんじゃ困るからね」

「重野さんじゃ信用できない……？」

「ちがうよ。僕自身の問題だ」

「自信がないとおっしゃるの？」

「自信ということともちがうんだ」

「そうよ。そんな問題じゃないわ」

ぬいだシャツは、じっとりと濡れていて、絞るとしずくがしたたりそうだった。くるくると丸めて早苗に手渡そうとしたが、早苗はそんなものよりほかの、いわばもっと大事なものを手

にしたいとしているかのようだ。進一から決然たる返答がえられるまでは、何も手にしないと
いったふうで、

「生活のほうは、あたしが働きに出るなり……なんとでもしますわ」

「今の僕は、その生活のなかに、もっとじかにはいって行きたい気持なんだ」

「と言うと、あなた自身、勤めに出るとか、そういう……」

「そういうことだけじゃない。――シャツを水につけとこう」

と進一は台所に行った。もとの早苗だったら黙ってそれを見ているようなことはなかった。

進一は水道の栓をひねって、洗面器にジャーと、思いきり水を出した。水しぶきを浴びながら、

「今までの僕は、生活に対して、いや万事、観念的だったという気がするんだ。そんな僕に、
大切な灯をかざす資格がはたしてあるだろうか」

「それ、逃げ口上じゃなくて?」

早苗が言った。進一は頰に平手打ちを食わされたおもいだった。

「卑怯未練……か」

水につけたシャツを、両手で洗面器に押しつけた。こいつと、ぎゅうぎゅう押しつけていた。

「ただいま」

澄子が帰って来た。鳳仙花を土のついた根ごと新聞紙に包んで手に持っていたが、台所の進
一を見ると、

「あら、お洗濯？　あたし、洗います」

おかっぱ髪の澄子が飛んできた。

「ちがうよ。いいんだよ、スーちゃん。鳳仙花を貰って来たのかい」

「お友達の家で遊んでて、遅くなってすみません」

座敷の早苗に澄子は詫びた。その「すみません」が進一の耳には、無邪気な少女の言葉とはちがうものに聞かれ、それだけによけい、いじらしかった。

「鳳仙花か」

あれは進一が高校の何年のときだったか、小学生の正二に案内されて、澄子の母のところへ行き、このスーちゃんに初めて会ったとき、正二がその玉枝の家へ持って行った鳳仙花が素焼の鉢に、大事そうに植えてあった。進一はそれを思い出した。そのとき玉枝は、可哀そうな澄子の頼りになってやって下さいましと進一に言った。高校生を相手に、澄子の母は拝むような眼ざしで言った。進一がこの澄子を自分のところへ引き取ったのも、あのときの哀れな言葉が忘れられなかったからだ。

突然、激しい悲しみがこみあげて来た。怒りにかわって、いや、怒りと一緒に、怒りの猛烈さで進一の胸をつきあげた。シャツを押しつける手に力がこもった。

「あたし、お手伝いします」

早苗に気兼ねした澄子の声だ。薄倖を思わせると昔見た、うすい小鼻は今も変らないが、あの頃の澄子にこんな気兼ねの必要はなかった。

「スーちゃん」

澄子への愛情を進一は何か言葉に現わしたかった。

「手伝ってくれるんなら、そうだ、今年はスーちゃんに手伝って貰って、ナスの塩漬けを作ろう」

「ナスの塩漬け？」

おうむ返しに言ったのは早苗だった。

「うん」

とっさの思いつきだ。しかし、これは生活に即きたいとする進一の気持の現われとも言える。

「僕はナスの塩漬けが大好きなんだ」

「あら、ちっとも知らなかった」

早苗はあきれて、

「お好きなら、あたし、漬けたのに……」

進一は自分のさっきの言葉が早苗への当てつけになっていたことに気づいて、

「僕の子供の時分、おやじが自分でよく漬けてたっけ。だから、僕も自分で漬ける。君やスーちゃんに手伝って貰って……」

「兄さんのお父うさんは……」

自分の父のことを澄子はそう言って、

「おナスがそんなに好きなんですか。おナスの塩漬けって、そんなにおいしいのかしら。澄子はシギヤキなら好きだけど、塩漬けのおナスはまだ一度も食べたことないわ」

その六

満洲の正二から手紙が来た。新聞社の特派員にひそかに郵送を托したのである。

正二はこの手紙のなかで、瀬波の死の真相を書いてきた。正二が下手人だったのではなかった。これがもし軍事郵便だったら、隊で検閲をされて、正二の書いた真相は当然削除される。だけでなく、こうした秘密事項を「地方」に漏洩したかどで、正二はなんらかの処罰に附せられるにちがいない。反軍思想の持ち主と目されることは必定である。正二がこの手紙の郵送を「地方人」に頼んだのはそのためである。

「あなたに、これはできないわね」

侮りともちがう早苗の声だったが、進一は、

「そう言ったもんでもない。いざとなりゃ分んない」

と言ったものの、見ず知らずの特派員にいきなり図々しく私信を頼むというようなことは、たしかに進一の性格としてできない。正二の持っているこうした要領の良さは進一にはない。あ

つかましさと言ってもいいが、それは機転、才覚とも言える。

「瀬波はやはり卑怯未練な男だったんだな」

と進一は話題をそれに移した。

「瀬波のお母さんは自分の息子がそうした男だったとは知らないんだな」

「いいえ、案外、ご存知だったんじゃない？」

「だったら、正二を下手人みたいに怨むなんて、とんでもないお門違いだ」

「正二さんを怨むのはお門違いだけど、息子さんが殺されたのを、何も息子さん自身のせいだと思わないからって、それをお門違いだとは言えないんじゃないかしら」

「そりゃ、まあそうだ」

早苗にはどうも歯が立たない。

「自分の息子さんがいくじなしだということは、ご自分で知っていても、それだけにそんな息子さんが可愛く大事だったんでしょう。その息子さんが殺されたというんで、よけい、かっとなったんでしょう」

「愚かなゆえんか」

「愚か……？」

「君が、自分で言った言葉だぜ」

この進一は党再建のために働くことを今は決意していた。熟慮の末の決意だった。重野から連絡があったら自分の決意を告げようと待っていた。

進一は早苗の兄の岸本に会った。地下にもぐった場合を考え、早苗のことをそれとなく頼もうと思ったのだ。すると岸本が、

「早苗はなんだかヒステリー気味だな」

癖の、ふざけたような語調で、

「倦怠期のせいかな」

「なるほど……」

と進一は言った。早苗との生活には、たしかに岸本の指摘通り、倦怠がある。

「やっぱり、そうか」

岸本は愉快そうに笑って、

「あれは君の浮気のせいか」

「僕が浮気してる？　早苗がそう言った？」

「言やしないさ。僕にそんなことを訴えたら、なにを言ってると、僕から笑われるから、早苗は言やしないけどさ」

「僕は浮気なんかしてやしない」

進一はまじめに言った。倦怠期で進一が浮気して、それで早苗がヒステリーになったとでも

岸本は考えてるのだろうか。まさかと思うが、進一は正面切って否定した。そんな自分が、岸本の前だと特に、われながら野暮ったい、面白味のない人間として感じられる。

「君がそう、自分で言う以上、うそじゃないな」

岸本はとぼけた声で、

「君が浮気でもすれば、早苗はヒステリーになんかならないんだ」

岸本の言葉は何か痛快だった。

「話が逆だな」

進一は笑った。

「いや、君が浮気でもしてれば、早苗は大いに緊張して、ヒステリーどころではない」

岸本もまじめに言った。進一のような単純なまじめさではない。

「細君の兄貴が浮気をすすめるなんて、無茶苦茶だな」

「そうでもないさ」

ふてぶてしい飄逸（ひょういつ）、そんな感じの岸本だった。もともと面白い人柄だが、デカダンの生活は彼の人柄にさらに面白味を加えたようだ。

「どこかへ飲みに行こう」

クンクンと鼻を鳴らすのは昔通りで、

「銀座へ行こうか」

と岸本は言って、

「この夏、郷里へ帰ったら、特高の奴が俺をつけ廻して、うるさいったら、ありゃしない。俺の村からずいぶん離れてる市から、わざわざ、特高がやって来たんだ。毎日、俺の動静をしらべて、いちいち報告してたらしい。どういうわけだと聞いたら……」

「岸本君は重野に会ったんじゃないのか」

「重野って誰だい？」

これは、とぼけているのではないらしい。進一は黙っていた。

「前とちがって、急にうるさくなったわけは……」

岸本は話をつづけた。

「県の特高課長に、東京から若いパリパリの男がやってきたせいなんだ。それがうるさい命令を出したらしい。要視察人の身上調査を改めて徹底的にしろとか、よそから左翼関係の要視察人がはいってきたら、厳重に尾行して報告を出せとか……そのため、俺みたいな左翼崩れまでが、どこかへ飲みに行っても、親戚へ行っても、いちいちあとをつけられて、いや、参ったね。ところでその特高課長の名前を聞いたら、殿木……」

「殿木泰造……？」

「やっぱり永森君の知り合いか。殿木という姓だけしか聞かなかったが、これはたしか、永森君から前に聞いてた姓だと思ったから、俺は特高の奴に言ってやった。そいつは俺の友だちの親友で、学生時分は左翼だったんだ……」

「よけいなこと言いなさんな」

「君の名前を出したりはしない」

金粉でコウモリの模様を印刷した「ゴールデン・バット」の箱から、岸本は煙草を一本出して口にくわえ、

「それがなかなか、ききめがあったんだ。特高の奴、途端にしゅんとなって、自分らは学歴がないばかりに、うだつがあがらないが、大学出の人たちは、たとえ学生時分に左翼だったにしても、トントン拍子に出世する。ユーウツだってさ」

「そりゃ、ほんとにユーウツだろうな」

「今の世の中は全くユーウツですよって、彼はなげいてた。それで俺は、左翼みたいなことを言うじゃないかとからかってやったら、相手はあわてて、学生時分に左翼だったほうが、事情を知ってるから、かえって重用されるらしいって、いよいよもって穏やかならざることを言ってた」

「重用されるほうも、自分はもと左翼だったということにこだわって、よけい忠勤をはげもうとするんだろうな。自分が左翼だっただけに、逆に、左翼に対して取締りを峻厳にする点があるかもしれない」

「峻厳と言えば、今年の末あたりから保護観察法がいよいよ実施されるらしいが、そうなると、

峻厳の度がますます加わるだろうな。思想犯をもう一度徹底的に洗うらしい。殿木特高課長はいちはやくそれを実行してるわけだな」

資生堂裏の小さなバーへ行った。今日のようにバーがそんなに沢山はなかった頃である。当時は、西銀座のその辺にバーがかたまっていて、そこから外れた場所のバーは場違いとされていた。銀座の表通りには大きなカフェーが何軒かあって殷賑を極めていた。震災後、関西資本が進出して作った歓楽場である。それに対抗するように、小さなバーが裏通りにできた。

カフェーでは天井に春はサクラの造花、秋はモミジを飾りつけ、レコードがわんわんがなり立てているなかに、ロマンス・テーブルをびっしりと並べていた。バーは洋館の応接間めいたしつらえで、バカバカしい飾りつけはしていない。船の古い舵などが柱に飾ってある程度だった。

重い扉を押してバーにはいると、二組ほどの客がテーブルをかこんでいた。岸本のなじみの女給らしいのが立ってきて、

「いらっしゃい」

客を友人扱いした声だった。なじみだからというより、カフェーの女給なんかとちがって、見えすいたお世辞を言わない。それをバーの女給は一種の誇りにしていたのだ。

眼の大きなその女は、ものうげに椅子について、

「ユーウツね」

ふーっと息をついた。女はすでに酔っていた。

「この間はえらく騒いじゃったな」

と言う岸本は、客がむしろ女給のご機嫌を取るみたいだった。

「みんなで、東京音頭をここで——この狭い店のなかで踊っちゃったんですよ」

と女は進一に言った。

「チョイト東京音頭ヨイヨイ——か。君がちょうど留守中にはやった歌だ」

岸本のささやきを女が、留守？　と聞き返した。

「病院にはいってたんだ」

その岸本に、

「なんにする、マーちゃん。ビール？　ウイスキー？」

と女は言った。正夫という名の岸本は、ここでは「マーちゃん」で通っているようだ。

「ビールを貰おうか」

進一の前で女から軽んじられているのを岸本は一向に気にしないで、

「高いおツマミなんか持ってくるなよ」

とへらず口をたたいた。

女が去ると、

「子供を預かったんだって？」

澄子のことだ。

「あの子は、永森君の前と早苗の前とでは、だいぶ、態度がちがうようだな」

早苗から進一はそんなことを聞いていなかった。それを兄の岸本にはこぼしておきながら、かんじんの進一には言わない。腹ちがいとは言え進一の妹のことだからか。早苗としてはそんなことを進一の耳に入れて、いやな気持にさせることを避けたのだろう。

遠慮というより配慮である。ズバズバと進一をやりこめるようなことを言う早苗だが、一方にはそういうところもあった。進一にはそれが時に、かえってたまらないこともある。進一が好きになった早苗のそうした性格が、今は逆に重荷になった。しかし、ともするとめげがちだった進一の心を支えてくれたのは、そうした早苗なのだと思わないわけにはいかない。

それはちょうど、あの苦しい運動のさなかで、進一の心を支えてくれたのが、工場労働者だったのと似ている。しかしその労働者のなかには、スパイだったと疑われる、あの景気のいいことばかり言っていた旋盤工のような人物もいた。

「とても、かげひなたのある子らしいな」

岸本は言った。早苗から進一が聞いていないと言うことは、それを事実だと思わせる。そうした澄子の性格を早苗は自分で直そうとしているのか。早苗にそれができるだろうか。

「逆境に育ったために、そんな性格になったのかな」

進一もうすうす感じてないではなかった。薄倖の澄子には、大人の顔色を読む悪い癖のあることを進一は感じていた。薄倖のせいだと思うと、口に出してたしなめることはできなかった。いわばそれはインテリの弱さだ。インテリでない源七のところへ預けたほうが澄子のためかもしれない。

「ヒステリー気味は澄子のせいもあるかな」

「どうかな、それは」

と岸本が言った。進一は自分の責任転嫁の言葉を恥じた。意識して言ったのではないが、無意識だったことがよけい恥じられた。

女がビール二本とコップを三つ持ってきて、

「あたしも飲むわよ」

「飲むはいいが、クダをまくなよ」

と岸本が憎まれ口をきいた。

女はビールをついだ。自分のコップも左手に取って、右手のビールをつごうとすると、

「ほい来た」

と岸本が手をのばして、ビール瓶を取って女のコップについだ。女は別に、すみませんとも、ありがとうとも言わないで、当り前みたいな顔をして受けていた。

つぎすぎて、ビールの泡がコップから溢れた。おさまるのを待って、

「はい」

と女はコップをささげて、

「ター坊のために」

「よせやい」

と岸本は照れた。女は岸本の煙草を、これはことわりなしに、テーブルに置いてある「ゴールデン・バット」の箱から一本抜いて、

「ター坊も仕合わせになってよかったな」

男みたいな口をきいて、煙草に火をつけ、

「マーちゃんと結婚して、とってもよかった」

「おだてるなよ」

その岸本の細君とこの女給とは親しい友だちだったらしく、

「ター坊も男出入りの多い子だったけど」

「これはまたイヤなこと言うね」

「百も承知で一緒になったくせに」

「それはそうだ」

苦笑ではなく朗らかに笑って、

「男から放っとかれるような女じゃしようがない」

「あたしのこと?」

「ター坊のことさ」

自分の女房をター坊と言って、

「男に惚れっぽかったせいもあるだろうが、それはター坊が女として気がいいからさ」

「そうよ」

女は賛成して、

「でも、マーちゃんにだけは、ほんとに惚れたのよ。だから、すっかりター坊も変っちゃった」

「そんなに変ったかい」

「ほんとに、いい子になったわ。もともと、いい子はいい子だったけど」

岸本の細君はこのバーの女給をしていたのである。それを進一はここで初めて知った。早苗からはただ、岸本がどこからか勝手に細君を連れて来たと聞いただけだった。そんなようにしか早苗は言わなかった。前はダンサーなどと同棲していた岸本のこと故、進一も深く追及しなかった。

「まずい店へ来ちまったな」

言葉と反対に岸本は愉快そうに笑った。

「まずいこと言っちゃった?」

女はこれもさして気にした声でなく岸本に言って、ほったらかしにしておいた進一のほうを向いて、

「こちら、おとなしいのね」

「ユーウツなんだろう」

と岸本はふざけた。

「どうして？」

「トシ坊もさっきユーウツだと言ったろう。おんなしだ」

「でも、こちら、とても清潔な感じ……」

「俺は不潔で、こちらは清潔？」

「いいえ、あたしとこちらが、おんなしだと言うからさ。ちがうわよ」

「そんなにトシ坊は不潔か」

「よしてよ。それほどでもないわ」

また岸本とだけ話し出した。

「でもユーウツか」

「人生にもうくたびれちゃったのかしら」

「若いくせに、なにを言ってやがる。誰かに惚れれば、またすぐ張り切るくせに……」

「そうなのよ」

たあいなく譲歩して、

「さ、飲もう。マーちゃん」

進一の知らない人生がここにもあった。進一の胸は騒いだ。それを知りたい、耽溺してみたい、かならずしもそうではなかったが、知らない人生を、生活を知りたいというおもいが進一にひしひしと迫った。だが進一の決意は、そうした人生との絶縁を進一に命令している。

「この永森君は、トシ坊、俺の妹の亭主だ」

岸本が突然、進一を女に紹介した。

「あーら、ひどい。今まで黙ってるなんて」

大きな眼をクリクリさせて女は驚いて、

「ごめんなさい」

と進一にあやまった。ひどく素直な感じで、それが進一の心に感動に近いものを与えた。

「いや……」

と言いかけた進一の言葉を遮るようにして岸本が女に、

「別にあやまることはないだろう。あやまるんなら、俺にあやまれよ」

「あ、そうか。そうね。そうだったわね」

と女は笑った。とても無邪気で可愛い笑い顔だった。男みたいな伝法な口をきくかと思うと、そんな笑い顔も見せる。

進一はこのとき、彼女の眉間に、習志野の女と同じように小さなニキビの跡があるのを見た。

重野から一向に連絡がなかった。「赤旗」を置いて行ったきり、待てど暮せど姿を見せない。

部数のすくない「赤旗」だから、取りにくると早苗に言い残して行ったのに、それなり消息を絶った。

(つかまったのだろうか)

進一の決意も投獄を覚悟のそれだった。投獄は既定のことと思わねばならぬ。早くも秋が終ろうとしていた。進一の原稿は雑誌に掲載され、新聞での論評も好評だった。つづけて書けと雑誌社からすすめられたが、進一にその気はなくなっていた。たとえ重野がつかまっても、再建準備委員会の誰かが残っているはずだ。それになんとか連絡をつけたいと思った。ひとたび決意した以上、進一はその決意を貫きたいのだった。自分に果してそんな資格があるかどうか、今はもうそんなことは考えなかった。自分から進んで貧乏クジをひくのかといったためらいも、今は過去のものとなっていた。

女房に尻をたたかれてというのでは、いやだ。と言って、自分のうちに瀬波のような卑怯未練を見るのはいやだ。はじめはそんな気持もあったが、今はそうした動揺と進一の決意とは無縁のものになっていた。

なんとかして連絡をつけたいと進一は毎日のように出歩いていた。そうしたある日、号外売りが鈴を鳴らしてあわただしく街を駈けて行った。進一の耳に、それは何か不吉な音としてひびいた。進一は号外売りを呼びとめた。

号外を手にしてみると、それは煙草の値上げの知らせだった。「ゴールデン・バット」はずっと七銭だったのが八銭に値上げした。煙草の値上げなんかで号外を出すとは人騒がせな――そんな声もあったが、それは物価の値上りのさきぶれなのだった。

それから二週間後、またもや号外が出た。ナチ・ドイツとの防共協定調印のニュースだった。

進一が有光に会ったのは、それから間もなくのことだった。満洲から所用があって東京へ来たと言う。

「満洲にはいろいろ旧左翼がいて、面白いですよ」

美弥子と別れた有光に、進一の想像したような暗さはなかった。

「満洲はまだ内地みたいに息苦しくはない。内地はだんだんひどくなって行くようだが」

「と言って、やっぱりこの日本から逃げるわけにはいかないしね」

進一はそれを自分に言っていたのだ。

「佐東第四郎というのを、永森さんは知らないですか。あんたと高等学校が同期ぐらいの……ちょっと下かな。コムミュニストだった……今でもコムミュニストだな」

と有光は声をひそめて、

「合作社運動を計画しているんだが、僕も内部から及ばずながら協力しようと思ってます」

有光は満洲国政府の産業部にはいっていた。

「合作社……?」

「一種の協同組合運動です」

なんだ協同組合かといった進一の表情に、

「原則的には、そりゃ、レーニンが言っているように、資本主義国家のもとでの協同組合は、しょせん資本主義的な施設ですがね。満洲の農民は、実にひどい条件のもとに置かれてるんで、特にその貧農を今までのような苛酷な搾取から、現実的に解放したいというのが合作社運動のねらいなんです」

「なるほどね。しかし、満洲はいくらまだ呑気だと言っても、そんな運動を軍が許すだろうか」

「軍にとっても、収売機関の下部構造が必要なんですよ。表面はあくまで、それで行くんです。農産物収集の官僚統制機構としての協同組合政策——満洲国政府もこれには乗り気なんですよ」

この有光に進一はずっと会ってなかった。もともとちがって有光は、大地に根をおろした人間の逞しさを進一に感じさせた。

「形式的にはそういうものになるんですが、そういう機構のなかに積極的にもぐりこんで行って、現実的にはこっちのものにしようというわけです。旧左翼が一斉に農民のなかに身を投じようと張り切ってるところです」

「満洲の農村に、じかにはいって行く……」

「そうなんです。そうしなかったら駄目ですね。貧農の生活のなかに、じかにはいって行って、その不満を組織化して行って、だんだんと地主支配の停止と言うか、否定と言うか、その方向へ現実的に進ませようというんです。それが佐東第四郎君なんかの考えで、僕もこの合作社運動をぜひ推進したいと思ってます」
広漠たる満洲の原野が進一の眼前に展開した。それは進一に、
（君も、どうだ……）
と呼びかけてくる。知らない人生、新しい生活が進一を力強く招いた。……

〔1962（昭和37）年1月～1963（昭和38）年2月「世界」初出。連載時のタイトルは「ある決意」〕

第二部

その一

初めての下屯子（シャートンズ）である。

進一は青い満人服を着ていた。裾が長く、その裾の切れめが足にまつわって歩きにくい。同行の古賀も同じ粗末な満人服である。古賀は進一とちがって、足さばきがうまく、悠揚とした足どりは進一より年上のように見せていた。ほんとは年下なのだが、満洲生活は古賀のほうが古いのだ。

進一は満洲に来てまだ半年である。またたく間に半年がすぎていた。

来た当座は、しばらくハルビンにいて、それから北の綏化に移った。そこの農事合作社で進一は満洲農業に関する基本的な勉強をした。日本の農業についてさえも知らない進一は、イロハから始めなくてはならないのだった。

もう一度、学生に戻ったような勉強を、自分に強いた。進一にとってそれはそう苦痛ではなかった。知識のための知識を仕込む観念的な勉強ではなく、これからの仕事のための具体的な勉強である。進一の望んでいた生活に即くための、それは必要な前提条件であり、進一が欲していた新しい生活にはいるためには、どうしてもしなくてはならない準備である。進一にとってそれはむしろ心楽しいことだった。

合作社のグループはそれを学習と名づけていた。いい年をしてバカバカしいと嫌悪する者もいないではなかった。事務系統の仕事をする分には、そうした学習はかならずしも必要ではなかった。

進一が満洲に来たのは、就職が目的ではなかった。左翼運動のときもそうだったが、上部機関の指導者になりたいという気持はない。じかに満洲農民のなかにはいって、合作社運動をしたいと思った進一は農業関係の本をあたかも受験勉強のようにむさぼり読んだ。

一方、進一は若い古賀から実際の話をいろいろと聞いた。年は若くても、そのほうではいわば先輩の古賀に、満洲農業の実際について教えて貰った。本の知識よりむしろ、古賀の話のほうが進一にとって得る所が多かった。

たとえば満洲の農民は大豆をどういうふうにして作るか、古賀からその実地の話を進一は聞いた。その話によって進一は、単に大豆の作り方だけでなく、満洲の農業の実態を知ることができた。言いかえると、たったそのひとつの話からでも、進一は満洲の農業経営の実際を古賀から具体的に教えられたのである。

満洲の大豆には、白眉（パイメイ）、黒臍（ヘイチー）、黄宝珠（ホワンパオチユー）、四粒黄（スーリーホワン）等の品種がある。白眉はヘソが白色のもので豆腐、味噌、醤油の原料にこれが一番使われる。黒臍はヘソが黒色のもの。四粒黄は種皮が黄色で、大粒の大豆。ヘソはエビ茶色。満洲で一般に栽培されている品種はこれである。黄宝珠は公主嶺農事試験場で四粒黄を改良して育成した品種、実が大きく、光沢もあって優秀な大豆だが、北満では収量が劣る。こうしたことは本に書いてある。

この大豆の作り方だが、本にはこう出ている。まず整地——これは播種と同時にするので、特に整地は行わない。大豆の前作は普通、粟や小麦で、その前年の溝（壟溝（ロンコー））の部分が今年の畦（壟台（ロンタイ））となるようにするため、前作の根株を播種と同時に鋤きこんでゆく。この畦立は満洲農具の犁杖（リージャン）で行う。リージャンで播種することを翻地（ファンディ）と言う。

この播種は、内地とちがって土壌の乾燥を防止する、いわゆるドライファーミング的播種法である。内地のように深耕を行って、半月ほどそれを放っておいて反転した土が乾燥した頃、馬鍬で細砕して、一両日経て畦をつくり、またしばらく経って種子をまくといったような耕耘から覆土まで長い日数を要する播種法とは非常に相違がある。

このドライファーミングについて農業書の叙述はこうなっている。大豆をリージャンで播種する場合は、四頭掛の馬がひとつの畦の中央を切って、新しい蒔溝を作り、そこへ種子の蒔き手が播種すると、次の畦を切って行くリージャンが前の播溝に覆土すると同時に新しい播溝を作って行く。こうして播種する一方、木頭輥子（ムートーコンズ）を一頭の馬にひかせて鎮圧して行く。土壌水分の蒸発を防止するため、こうして整地、播種、覆土、鎮圧を連鎖的に行うのがドライファーミング的農法である。

同じ作業を古賀は次のように進一に語った。リージャンで前年の畦をまんなかから鋤き割って新しい土を前年の溝部に出す。そのあとからツァイゴーツデ（晒溝子的）が、前年の溝に鋤き出された新土を踏んで行く。

「土が乾かないうちに、早いとこやらなくちゃならないんで、一人がそれにかかりっきりで溝を踏んで行く。これをツァイゴーツデと言うんです」

つづいてシャーチュンヅルデ（下種子児的）がこれも新土を踏みならしながら種子を蒔いて行く。

それぞれ仕事を分担している。種子に土をかけるのもフーリージャンデ（扶犁杖的）という別人である。それぞれ一人でいいのだが、乾燥のひどい年は（あるいは新開地の場合は）溝を踏むツァイゴーツデの人手が二人になる。

「次の畦を切るときに自然と覆土ができることはできるが、それではやはりうまくないですね」

と古賀は言った。すべては土壌の水分の蒸発を防ぐためである。

播種量は一シャン（日本のほぼ七反二畝）当り、日本枡で言うと六升内外、こうした播種に要する人員は、
ツァイゴーツデ一人（又は二人）

シャーチュンヅルデ一人
フーリージャンデ一人
カヌマーデー（趕馬的。馬の口を取る者）一人

四人は最低必要なのだ。そしてこの一組だけでは一日約一シャンしか播種できない。

「そこでどうしても雇農を使わなくちゃならないんです」

古賀は言った。

「中耕から除草、それから収穫となると、もっともっと労力がいりますしね」

大豆畑は次の年、普通は高粱を作る。この播種は、壊耙（ホワイバー）という農具を使って行うので壊種（ホワイツン）と呼ばれている。大豆は翻種（ファンツン）である。

小麦はリージャンを二つ並べた対児犁（トイルーリー）を使って播種する。これを蹚踵（タンツン）と言う。輪作によって規定されるこの三つの耕種法——翻種、壊種、蹚踵はいずれも土の水分の蒸発を防ぐため、播種、覆土、鎮圧が一貫作業なので、どれも人力が要る。

自家の労働力以外にどうしても人力が必要なのだが、満洲は安い労働力にはことを欠かない。苦力と呼んでいる農業労働者がこれである。貧しい小作農でも農業労働者を雇う。この雇農には金でなくて、できた作物で払えばいい。

満洲の農業は雇農によって成立している。古賀から大豆の作り方を聞いた進一は、同時に満洲における農業経営の実態を教えられたのである。

「日本の開拓移民も満洲ではどうしても雇農を使わなくちゃならないんで、そこにいろいろ問題があるんです」

と古賀は言った。


——この古賀のほかに、通訳として満人が一緒だった。王という青年である。三人はトラックに乗って下屯子に赴いた。

緑の曠野をトラックが疾駆している。冬は零下何十度のこの北満も、今はジリジリと照りつける陽が暑い。除草にはまだすこし間があるという時で、畑に人は出ていない。

濛々と土埃を立てて、でこぼこ道をしゃにむにトラックで走る。ひどい振動だ。遠い地平線がぼうとかすんで見えるのは、かげろうが立っているというだけでなく、脳震蕩気味なのだとも思われる。

「やっぱり運転台に乗ればよかった」

進一は口のなかで言った。その口のなかは砂でじゃりじゃりしていた。

トラックの運転台は、詰めれば助手台に二人は乗れる。王青年をうしろに乗せれば、進一と古賀は楽に助手台に腰かけられたのだ。

出発のとき、満人の運転手は当然そうするものと思って、助手席のドアをあけて進一を待っていた。しかし進一は、

「みんなで話をしながら行こう」
と言った。満人の王ひとりを荷物のようにトラックのうしろに乗せて、日本人の自分らだけ楽な助手席に乗ることを進一は、差別をつけるようで好ましくないとした。だがそれを進一は口に出して古賀に言うことはしなかった。

古賀は黙って、うしろに乗った。進一を甘いなと見ているようでもなかったが、その思いやりを当然としている顔でもなかった。

古賀はもともと口数のすくない男ではあった。蒼い、くすんだような顔をしていて、ひと筋に何か思いつめているまじめさが、人に窮屈な感じを与える。そのくせ、ひょうきんなところもあって、何かの拍子にそれを見せる。でも、それが周囲と調和しないときが多かった。古賀は農業学校の出身だった。

進一が非合法運動をしていた頃、こういうタイプの若者に会ったことがある。しかし古賀は左翼ではなかった。むしろ右翼と言ったほうがいいようだった。その点、進一は自分たちと世代のちがう青年を古賀のうちに見ていた。にもかかわらず進一は古賀が好きだった。古賀のほうもそうにちがいないと進一は思っていた。

この古賀を真中にして、進一たちは運転台を背に、毛布を布いた上に腰をおろした。ここが一番振動のすくない場所である。そこを選んだのはそのためだったが、いざとなると、すくないどころの騒ぎではなかった。

でこぼこ道にかかると、トラックはまるで人を振り落そうと暴れる悍馬のようだった。横の振動でなく、上下動だ。

身体がひょいと、たあいなく浮いた。と思うと、ドスンと落される。進一はトラックの枠にしがみついて、痛い尻もちを防いだ。

真中にいる古賀は、つかまるものがない。たまりかねて、立ち上った。進行方向に身体の向きを変えて、運転台の屋根につかまった。

「こいつは全く、ケツがたまんねえな」

進一はわざとそんな言葉使いをした。そして自分も立ち上った。

「でも……まだ」

と古賀は吹きつける風に言葉をとぎらせながら、

「冬の橇よりは、ましだな」

農閑期の真冬に、古賀は合作社組織の下準備のため屯子(部落)を廻って、戸別調査をしていた。その苦労のほどを進一にひけらかすといった語調ではなく、

「永森さんも今年の冬は、あれに乗らなくちゃならないが、冬の下屯子はいやだな。なあ、王君」

「どですか——ね」

これは王の口癖で、笑いながらそう言うと、王も立ち上った。とぼけた王の口調に古賀も笑いを誘われながら、

「冬のほうが、いいかい」

「冬は匪賊の心配ない……」

と王は、冗談のつづきのような口調で言った。

「今はあぶない？　危険？」

進一も笑いながら言ったが、ほんとは笑いごとではない。

「秋まで大丈夫だろう？」

「どですか——ね」

と言う王のあとから古賀が、

「冬だって、場所によってはやられてる」

古賀は合作社運動にはいる前、開拓移民のほうの仕事をしている。


屯子の囲子（土塀）が見えてきた。外国映画に出てくるサハラ砂漠あたりの外人部隊の要塞を思わせる。匪賊の来襲にそなえて、屯子の周囲に土塀をめぐらし、四方に銃眼のついた望楼が築いてある。

すでに暮色が迫っていた。門に近づくと、早くもなかの犬が吠え出した。敵意にみちた声である。屯子の人々の気持を代表して吠えているかのようだ。

のっそりと現われた満人に、王がトラックの上から大声で開門をもとめた。

門は直ちに開かれたが、

「ふーん」

進一の口からなんとなく、そんな溜息が洩れた。

門をはいると、土を固めて作った小さな家が並んでいる。道と同じ色をしているので、その房子(ファンズ)から、何事かと出てきた人々の姿が進一には、土からもぞもぞと顔をのぞかせる虫を思わせた。蔑視からではない、それが実感なのは、進一の心を惨めにさせた。虫みたいな人間を惨めに思うというより、そうした人間を眼にせねばならぬことが何か惨めなのだった。

彼等がすなわち農業労働者である。彼等はしかし独立家屋を与えられているのだから、雇農としてはこれでも上の部なのである。

進一たちが訪れたのは、そうした一雇農ではなかった。四十シャンを自作し、ほかに十シャンほどの小作をしているという農民の家だった。

この農民のことは古賀から前もって聞いていたが、自己児地(ツーコルティ)(自作)兼租地(ツーティ)(小作)という、日本には無い例である。屯子で人望があり、そして協力的なのだと古賀は言った。

「ああいう人物を屯合作社の責任者にすれば、みんな、ついてくると思うんです」

と古賀は言っていた。

かつての左翼のオルグを思わせる言い方だ。オルグ活動と同じ方法が合作社の組織に用いられているのだ。それが左翼とは無縁の古賀に、おのずと左翼的な言辞を使わせている。

「ほう……」

と言った進一は、同時にひやりとしていた。

その家は、屯の構造を小型にしたみたいに、まわりに土塀があり、門もちゃんと設けてあった。門の内側から犬が吠え立てた。

「看狗（カンゴウ）！　看狗（カンゴウ）！」

と古賀が大声で言った。進一も一緒に連呼した。

農民組織のための下屯子は進一にとってこれが最初だったが、こうして部落に来るのは何もこれが初めてではなかったから、こういう言葉は進一も心得ていた。

部落見学はすでに何度かやっていた。そのつど、獰猛な満洲犬に進一はおどかされた。クサリでつないでない犬だから、今にも嚙みつかれそうな目に会ったこともある。事実、足を嚙まれて破傷風（はしょうふう）になった日本人もいた。

満人の百姓家を訪ねたら、まずもって、

「看狗！」

と叫んで、飼い主に犬をおさえて貰わねばならぬ。「今日は！」にかわる、これが、来訪を告げる挨拶のようなものだ。奥から若い男が出てきて、吠える犬を鎮めると、古賀に親しそうに笑いを向けた。

「ここの次男坊の郭さん」

と古賀が進一に紹介した。

門から家までの間が、馬のつなぎ場になっていた。使役のために馬小屋から出してきて、その前庭に一時つないであるといった形だった。日本人の進一にはそう見え、そう思われる。だが、満人の農家ではこうした露天で馬を飼っているのだ。小屋がけの置場は作らない。

「北海道の道産子(ドサンコ)(馬)と同じですよ」

と古賀は言った。冬でもこのままだと言う。

北海道生れの古賀から進一は前に、道産子の雪中放牧の話を聞いた。道産子を進一は知らないが、満洲馬は小さな体軀ながら、いかにも頑健そうな馬である。

十頭ほどの馬が舟形の秣入れに首をつっこんで飼料をさかんに食べている。この満洲馬のことを、開拓移民の日本人がいつだったたか、

「全くいじきたない」

と憎々しげに言ったのを、進一は思い出させられた。日本の馬とくらべると、まるで働きがないくせに、食い意地ばかり張っていると、まるで人間を罵るみたいに言った。

「そのくせ腹いっぱい食わせないと、働きが鈍るんだから、始末が悪い」

そうも言った。

馬に対して愛情が持てないというだけでなく、そこに満洲そのものに対する感情の現われがあるようで、進一はさむざむとしたおもいだったが、飼料の費用を考えると、農民がなげくの

も無理はない。

「夜中でもゴソゴソやって、食ってるのを聞くと、身が細るおもいがする」

そうも言った。人間の食料を馬に食いつぶされて行く気がするといった実感が、その言葉にはこもっていた。

いわゆる濃厚飼料に使われる高粱や粟は、満洲では人間の食料でもある。だからクズ大豆などが主としてその濃厚飼料に使われているとはいえ、なれない土地での農業で、苦しい生活を強いられている日本の移民にとって、馬の「いじきたなさ」はさぞかし、たまらないだろうと進一にも想像はつく。「夜中のゴソゴソ」は、とぼしい食料をみすみす馬に食われて行く音として、身にしみるにちがいない。ワラやイモの根などの粗飼料だって、ただではない。

古賀はこの開拓移民の農業指導のために満洲へ来た。前の年の八月に満洲農業移民が「日本帝国の国策」として決定された。移民関係の協会の農事指導員として古賀が渡満したのはその直後だった。

この古賀は、北満移民の農業は北海道のような酪農経営にすべきだという意見を持っていた。その意見は用いられなかった。それは穀作農業の軽視になるという理由から否定された。言いかえると、穀物増産を重視する「国策」的見地から古賀の意見は排撃を食った。

農業移民のほうもまた、内地のような穀作に執着を持っていた。抜きがたい執着を、そのまま内地から持ちこんでいた。

移民農業には、土地の問題、雇農の問題、その他さまざまの問題がわだかまっていた。古賀は農事指導員をやめて、合作社運動に身を投じたのである。

だが、この農事合作社の仕事にも、いろいろの問題があった。矛盾と言ってもいい。そう言ったほうがいい、さまざまの問題が、今やっと発足したばかりの運動の内部に、すでに孕まれていた。

（本稿は旧友塙英夫の「アルカリ地帯」、島木健作の「満洲紀行」等に負う所が多い。）

この家のあるじは一見老人のようだった。眼のふちが赤くただれていて、いかにもじじむさいが、不精ひげを生やしたその顔は、よく見ると案外まだ四十台とも思われる。日本でも僻地によく見かける農民タイプで、表面は卑屈なくらいおとなしいが、心は外来者に対して許さない。そういった感じのあるじだった。古賀は協力的だと言っていたが、ただれた眼の奥から警戒と猜疑の光を放っているかのようだ。

砂ぼこりを払って家にはいると、そこは暗い堂屋地（タンウディ）（土間）だった。あるじを進一に紹介した古賀が、

「郭さんの、こちらが兄さん……」

とつけ加えた。門まで迎えに出てくれた若い郭を古賀が「次男坊」だと言ったとき、進一はそれを息子の意味に取ったが、あるじの弟ということなのだった。兄弟でこの家に住んでいる

のだ。

古賀はトランクのなかから、早速何か出してきて、

「約束の品物……」

と言って、眼薬をあるじに渡した。

「老篤眼薬（ロートメンヤオ）」

あるじがそれを押しいただくようにして、

「謝々（シエシエ）」

と喜ぶその声は若かった。

部屋の奥に眼光娘々（ヤングワンニャンニャン）の絵姿が貼ってある。眼の神が祭ってあるのだ。あるじはそれに眼薬をそなえた。

「大学眼薬（ダーシエンメンヤオ）より、どういうわけかこのロート眼薬のほうが評判がいいんですよ」

と古賀が進一に言った。郭の弟がにこにことうなずいていた。古賀が協力的と言ったのは、この弟のことかもしれない。郭鴻釣（クオハンジャン）という名だった。

土間の片側にある鍋台（ガウダイ）に、下男と覚しいのが、豆殻の燃料を運んでいた。夕食の仕度にかかるのだろう。進一たちは土間の左側の部屋に導かれた。

その夜はこの屯子に泊って、翌朝農民たちに集まって貰う予定だった。合作社（ホウゾウシャ）のことを正式に農民に説明しようというのだ。

郭一家にはすでに古賀から話してあった。古賀の手で戸別調査も行われていた。翌朝、公的な組織にまで持って行こうというのだ。

「朝、みんなに集まるようにと、今夜のうちに知らせておきましょう」

郭の弟が王の通訳でそう言った。

「よろしく頼みます」

と進一は言った。郭の弟はつづけて何か王に言っていた。王がそれを通訳した。

「合作社は衙門（ヤーメン）（役所）の一種ではないかと、みなはそう言っているそうです」

「衙門だ？　ちがう。ちがう」

進一は激しく手を振った。

「合作社は農民の協同団体だ。農民のために、農民自身の手で運営される協同組合だ」

古賀はにやにやしていた。進一の神経質な否定ぶりがおかしかったのか。

神経質というより公式的と言ってもいい。進一もすぐそれに気づかないではなく、

（疲れて、神経がいらだってるな）

古賀はしかしなんで笑ったのだろう。眼をやると、古賀は笑いを消して、眉間に皺を寄せて、

「この前来たときの僕の説明がまずかったのかな。それとも郭さんのみんなへの話し方がまずかったのかな」

「どういう点が、衙門の一種と誤解されたんだろう」

進一は努めておだやかに言った。

「日本人がやっているという点からかな。王君、そこを郭さんに聞いてみてくれないか。どういう点から、そういった誤解が生じたか」

「はい」

王は郭鴻鈞に満語で話しかけた。このとき、あるじの郭が、何か口のなかでぼそぼそ言って、部屋を出て行った。大事な話の最中に席を外すとは……進一は意外だった。大事な話なのでかえって逃げたと取れないこともない。

郭鴻鈞と王は満語で会話をかわしていたが、やがてうんうんと小刻みにうなずくと、

「誤解と言えば誤解ですが、一種の衙門とみなが思っているほうがよくはないですか」

と進一に言った。

「それは、王君の意見？」

「いいえ」

王は何かもっと言いたそうだったが、それなり口をつぐんだ。

「郭さんの意見……？　どうして衙門と思わせたほうがいいのだろう」

「それは、きっと」

古賀が口をはさんだ。

「そのほうがむしろ、みながはいるという見方じゃないかな」

「それでは自由意志じゃなくて、強制になる」

衙門は昔からその苛斂誅求の故に農民の怨嗟の的になっている。満洲国政府になっても、衙門を呪詛する心にかわりはなかった。合作社をそうした衙門の一種と解されるのは、進一にとって不本意だった。お上の命令に背いてはならないと、農民たちが合作社運動に盲従するのでは、たとえ組織の上では完全な形をそなえようとも、

「それでは魂がはいらない」

と進一は古賀がよく口にする言葉をつかって、

「強制ではしようがない」

と反対した。しかし古賀は、

「一時は強制の形でも、そうして組織を作ったあとで、実は合作社は衙門ではないと、みなに分らせる……そのほうがいいという考え方もありますね」

「王君はどう思う」

進一は笑顔を王に向けた。自分の態度が硬化しそうなのを笑顔で防ごうとしていた。

「古賀君の意見をどう思う」

「さあ」

「さあ？　どですかねと得意の口癖を言って貰いたいところだがね」

と言って笑ったのが、進一は作り笑いのわざとらしさを自覚せずにはいられなかった。誰も

笑わなかった。

そこへ茶水（お茶）が運ばれてきて、気まずい空気がほぐれた。

「謝々」

と進一は茶碗を受け取った。口のなかがカラカラに乾いていたから、これはほんとにありがたかった。壁に貼りつけてある春聯に、

吉星高照平安第
福耀常臨積善家

とあるのを、たどたどしく読みながら、進一は熱い茶を飲んだ。

「福耀常ニ臨ム積善ノ家。福耀ハ常ニ積善ノ家ニ臨ム？」

茶を飲み終ると進一は、

「郭さんはつまり古賀君の説なんだな」

と問題を蒸しかえした。

「でも郭さん自身は合作社を衙門の一種と見ているわけじゃないんだね」

と王に言った。王が郭にそれを改めて聞きただした。郭は進一の顔にまぶしそうな眼をそそぎながら、王に返事をしていた。

「衙門とはちがうと郭さんは言ってます」

と王が伝えた。言葉としては明瞭な否定だが、何か奥歯にものがはさまったような言い方を

王がしたのは、郭の語調をそのまま伝えているのだ。

「それを、みんなが衙門の一種と誤解したのは……?」

進一が追及すると、

「郭さんはさっき、手数料の徴収が合作社を衙門と思わせていると言ってました」

王が今頃になって郭の言葉を紹介した。合作社は農民と糧桟(リヤンザン)(穀物商人)から手数料を穀価の百分の一ずつ取ることになっていた。

「手数料を取るのがまずいのか。衙門から税金を取られるような気がするのかな」

高率なのは事実だった。進一はそれについてこう言った。

「しかし、手数料を取らなかったら——取らないで、政府の金で運営するとなったら、それこそ合作社は、はっきりした衙門だ。手数料を取ってそれで自主的に運営して行くことで、自分たちの仕事だというのがはっきりするわけなんだがな」

「糧桟の悪宣伝もありますと思います」

と王が言った。古賀は妙に口をとじて、考えこむ表情になっていた。

合作社ができると、糧桟は今までのような甘い汁を吸えなくなる。農村にダニのように食いこんで農民の膏血をしぼっている糧桟の中間搾取を排除することが、合作社のひとつの目的でもあった。

「今までの糧桟にとってかわって、満洲国政府自身が糧桟をやろうとしている。そう見られているわけか。合作社とは国のやる糧桟の親玉にほかならない。そう見られてるのか」

その進一に古賀がぽつんと言った。

「それだけじゃないな」

その二

暮れるのが遅い季節で、外はまだ明るかったが、腕時計を見ると意外な時間だ。進一たちは囲子(ウエーズ)の外にあるバラック建ての小学校の校舎に泊ることにしていたので、夕食はそこで飯盒すいさんしようと、郭家を去ろうとすると、あるじが、

「今夜はここへお泊りなさい」

夕食の用意もさせたと言う。さっき中坐したのはそのためだったのか。

「いいや、そんな迷惑をかけちゃ悪い」

と進一は潔癖に言った。すると、郭鴻鈞と話をしていた王が、

「囲子の外は危険です」

近くの屯子に共産匪が最近現われたそうだと言う。

「ここへも来た?」

「この屯子へは来なかったそうですが」

「何か掠奪して行ったのかな」

今は掠奪向きの収穫期ではなかった。

「掠奪はしないでビラをただ撒いて行ったそうです」

「そのビラを見たいもんだな。ないかしら？」

「ないそうです」

という王の返事だった。

「何が書いてあったのだろう」

進一の言葉を王は郭兄弟に取りついだが、

「見てないそうです」

それもそっけない返事だった。

合作社のことでも書いてあったのではないか。合作社を満洲国への協力機関だとして、それへの参加を拒めとでも書いてあったのではないか。

進一は合作社を衙門ではないと主張した。しかしそれは進一の主観だと言えなくもない。合作社を衙門の一種などにしたくはないという主観が、進一にああした主張をさせたので、客観的には合作社は衙門の一種なのかもしれないのだ。そうなると、誤解しているのは満人の農民ではなく、むしろ進一のほうなのだ。

満洲国政府の産業部は農事合作社設立要綱というのを最近発表していた。その冒頭に設立の「方針」としてこう書いてある。

「国家ノ計画ニ従イ農業ノ開発ヲ促進シ政府ノ統制ノ下ニ農業者ノ福利増進ヲ図ルト共ニ生産品ノ配合ヲ円滑ナラシムル為メ一般行政機構ト緊急ナル連繫ヲ保持セシメッツ地方ノ事情ト発達ノ状勢ニ応ジ漸次農業者ヲ組織シ農事合作社ヲ建立セシム」

合作社の本質がここに明記されているのだ。これでは合作社が政府の御用機関と見られても、仕方がない。衙門の一種と見られても、それを誤解と言うことはできない。

佐東第四郎らの建策が産業部に容れられたのはいいが、それがこういう形にされてしまったのだ。こういう形でしか軍政下の満洲国では合作社運動ができない。これでなかったら許可されない。

こういう官製の協力機関的なものの内部にはいりこんで、進一たちは実質的に自分らの仕事を押し進めて行こうとしたのだ。解放への自覚を農民に植えつけようという仕事である。これはしかし古賀に打ちあけてはいなかった。

郭一家は進一たちのために特別の食事を用意してくれた。米飯を出してくれたことでそれは明らかだった。おかずは湯(タン)に卵焼、それに塩づけの野菜——都会地での饗応からすると、別にご馳走とは言えないような貧しい献立だったが、

「これは大変なご馳走だ」

と古賀が、お世辞でなくほんきの声で言った。ご馳走の証拠に、湯に豚の脂が使ってあって、これは祭のときのご馳走以外にはないことだと、満洲の農村に詳しい古賀は言った。脂を使っただけで豚肉がはいっているわけではない。粉条子と菜っ葉だけのその湯は、古賀がほめるほど、うまくはなかったが、あるじの好意に対して、

「おいしい、おいしい」

と進一は言った。あるじの郭は喜んで、

「うちの大師夫（炊事夫）は料理屋にいたことがあるんです」

と、人のよさを丸出しにした自慢顔で、わざわざその大師夫を呼び寄せた。

なごやかな夕食のあと、子供たちが房子に遊びに来た。郭兄弟の子供である。十ぐらいの男の子が一番年長だった。

子供の母親たちは顔を見せなかった。他の房子にこもったきり、進一たちの前に絶対に姿を見せなかった。

房子の窓のない南側に設けられた炕の上で、進一と古賀は寝ることになった。王は別の部屋へ行った。

アンペラと普通呼んでいる蓆子の上に、持参の毛布を敷きながら進一は、

「出るかな」

と古賀の耳にささやいた。

「出ますね、きっと」

古賀は当然のように言った。

「匪賊が……？」

進一がふざけると、

「さっき、匪賊が出たと言ってたが」

古賀はまじめな声で、

「ほんとに出たかどうか分らないが、郭さんはたしかに、僕がこの前会ったときと比べると、ちょっと様子が変だな」

「匪賊のせい……？」

「せいかどうか、それは分らないが」

「君が言う郭さんとは、弟のほうか」

「両方ですね。寝ながら話をしましょう」

「うん」

二人はごろりと身体を横たえた。

「この屯子の打頭的(雇農)のなかには、日本の移民のために農地を取られたのがいるんです」

「取られた……？」

「一応、金は払ったんでしょう。でも、雀の涙みたいなもんでしょうから、取られたと同然だな」

「土地を取られたんで、雇農に転落したわけか」

そういう例はいくらもあった。土地を取られた上に、その移民の打頭的にされているのもある。

「徐（シュ）という男ですがね。徐中元（シュツウユアン）。さっき永森さんが席を外したとき、その徐の話をちょっと出したら、郭さんは兄弟とも、実にいやな顔をして、あれは碌でなしだと罵るんです。どうしてそう嫌うのか、それが不思議なんで、なぜか聞いてみたんです。土地を取られたために日本（イーベン）鬼子（グエーズ）と徐が怒ってるだけなら、何も同じ満人がそう悪しざまに罵ることはないんで……」

「そうだな」

「そこを質問してみたら、徐は打頭的になる前に、満洲国軍の捕虜になったことがあるそうで、それがやっと許されたとか……どうもあやしい前歴があるらしいんです。匪賊の仲間にはいってたらしいですね」

「今でもまだ、そうなのかな」

「はっきり通匪と分れば、つかまってしまう」

「とにかく、郭さんとしては、屯子にそんなのがいられちゃ迷惑だから、その徐という男を嫌ってるんだね」

「ひょっとすると徐は匪賊と連絡があるのかもしれないんです。だから、郭さんもよほど慎重に身を持さなくちゃならないんでしょう」

「そんなに慎重を要するんなら、なぜ僕らを泊めたりするんだ」

「日本人に対しても慎重を要しますからね」

古賀も慎重な口ぶりでそう言うと、

「郭さんはこの屯子の連中が、合作社を衙門と取っていると言ってたけど、あれは郭さん自身がそんなふうにみんなに言ってるんじゃないのかな。どうもそういう気がする」

「古賀君も衙門と思わせておけばいいと言ってたが」

「郭さんの手前、やっぱりそう言わなくちゃ……」

「ふーん」

「徐中元から匪賊のほうに、郭さんのことが通報されてるかもしれないとなったら、郭さんもああ言わざるをえないでしょうね。合作社を自分も衙門だと思ってたと……それを、共産匪に襲われたときの逃げ口上にするつもりじゃないんでしょうか。合作社に進んで協力したわけじゃないって……」

「共産匪は僕らの合作社運動を認めているはずなんだが」

「ほう」

これは初耳だといった古賀の声に、

「いや、認めていいはずなんだ。シナ本土の合作社とちがって、貧農中心なんだから」

「永森さんは共産匪に対する見方が甘いですね。ご自分が昔……共産党だったせいですか」

進一はハッとした。古賀が進一の前歴を明らさまに口にしたのはこれが初めてだった。

「僕は党員だったわけじゃない」

進一はさすがにうろたえていた。

「じゃ、左翼と言い直しますか」

「昔はそうだったが」

「昔は？　貧農中心というのは左翼的な考え方じゃないですか」

ハエが飛んできて、うるさく顔にたかる。進一はそれを払いながら、

「古賀君は貧農中心に反対なのか」

「反対じゃないですよ。でも、理想論だと思うんです。この屯子の場合だって、董事長はやっぱりこの郭さんのような土地の有力者でなくちゃ、仕事にならんですよ。打頭的なんかを董事長に選ぶのは無理ですよ」

古賀は頸筋をボリボリ掻いて、

「そろそろ出てきたな」

南京虫のことである。

南京虫を満洲では臭虫と呼んでいる。その夜、進一もその臭虫の攻撃から免れなかった。

昼間のトラックは異常な疲労をもたらしていた。それが進一を失神のような眠りへといざなったが、皮膚を嚙む臭虫がその眠りを破る。痒い手首を夢中で掻く。臭虫が襲うのは、手首

とか首筋とか、外部に露出した部分で、ノミのように身体のなかにもぐってはこないから、掻きやすいとはいえ、その痒さはノミの比ではない。ああ痒いと、普通なら眼がさめてしまうところだが、このときは泥のような眠りの底から、もうろうとした意識が浮び出てくるだけだった。

泡のようなその意識とともに、ふと女の顔が浮んできた。それは岸本と行った銀座のバーの、岸本がトシ坊と呼んでいた女のようでもあれば、進一が大学生のときに通ったカフエーの、あの習志野の女のようでもあった。

「珍しいとこで会ったわね」

と女は言った。それはあの俊子に特長的な、男っぽい語調で、進一には俊子が事実、彼の耳に口を近づけてささやいたかのような、なまなましい実感があった。進一の耳を快くくすぐるみたいな、女の生暖い息を、はっきりと感じた。

われにもなく進一は胸をわくわくさせて、

「トシちゃん。しばらく……」

「あら、あたしの名前を覚えてる」

「そりゃ、覚えてるさ」

「うれしいわ。永森さんに、あたし、会いたかった」

「僕も会いたいと思ってた」

進一もうれしそうに言って、彼女の大きな眼をのぞきこんだ。いきいきと輝いた眼が、彼のすぐ眼の前にあった。身体ごと吸いこまれそうな深淵をのぞくおもいだったが、不気味とはちがう陶酔の戦慄が進一の身体を貫いた。

「どうして、こんなところに……」

来たのか？　と問うより、出現したのか？　という言葉のほうが適当のようだった。

「永森さんこそ、どうしてこんなところに寝てるの？」

俊子から逆に質問された。男のような語調に、妙ななまめかしさがあって、進一は瞬間、返事に窮した。

「こういうところ、好きなの？」

「好きというわけじゃない」

「あたしもここへ寝ようかしら」

「寝る？」

へどもどした進一に、

「臆病ね」

と彼女は笑って、

「生活のなかに飛びこむとか、なんとか言って……」

「そんな言葉、どうして知ってる……？」

「あんたから聞いたわ」

「君に、そんなこと言った？」

「あら、いや。あたしを軽蔑するみたいに聞えるわよ」

「そんなつもりじゃない」

「生活のなかに飛びこめた？」

「飛びこんだつもりはつもりだが」

「つもり——が好きね。自分でそう思ってるだけじゃなくて？」

「そうかもしれないな」

「永森さんの好きな言葉で言えば、いつまで経っても観念的……」

「まだ、それから踏み出せないかな」

そう言った進一を、俊子は軽蔑の無言で見つめた。間近かだった眼が遠のいて、かわりに、赤い唇が、花弁のしめりを思わせる光りを放って、進一に迫った。その光りはルージュのせいでなく、ほんとに濡れているようだ。そうした唇の間から、純白の歯をちらとのぞかせて、

「女を知らなかったら、なんにも知れないわ」

「ふむ」

負け惜しみの声で、

「ハルビンで、同じようなことを言われたが……」

「女遊びをすすめられたのね」

満開の花のような唇にして、

「満洲を知ろうと思ったら、満洲の女と寝なきゃ分らないって……」

露骨な言葉だが、毒々しくはなく、あけっ放しの性格を思わせる。

「そうだ」

進一が言うと、

「あたしの言うのは、それじゃないの」

唇を小さくすぼめて、

「永森さんが観念的なのは、結局、女を知らないせいじゃないかしら」

「女を知れば、観念的でなくなる……？」

「それがまた、観念的なのよ」

「女さえ知れば、いいってもんじゃない？　女を知るには観念的では駄目か」

なるほどねえと、進一はうなずいて、

「卵がさきか、ニワトリがさきか……」

「なんのこと？」

進一の言葉を遮って、

「こんな観念的な話、あたし、苦手だわ。第一、この観念的とかなんとか、こんな言葉使いがキザで嫌い……」

「自分で言い出しといて……」

「あんたの好きな言葉だからだわ」

「言葉だけかな」

「男と女の間で、こんな会話をしてるのが、何より、あんたが観念的な証拠よ。こんな観念的なことを女に言わせるのは、あんたが観念的なせいだわ」

俊子はのけぞるようにして、

「じれったい人ね」

「手が早くないのも、観念的なせいかな」

「さっきから、もう、あたしに触ってるくせに……」

「ごめん」

「あたしも、ほんとは、ター坊みたいないい子になれる女なんだけど……」

しんみりと、とはちがう声で言って、

「誰もあたしを、そう見てくれない……」

進一もそう見てないと言う意味である。

「君はいい人だ」

と進一は言った。

「永森さんこそ、いい人よ」

あわれむような語調で言って、

「ここで寝たりしたら、悪い子になっちゃうかしら」

女の体温が、むっと進一の顔を包んだ。やわらかく、なめらかな肌の触感が彼の胸をどきどきと弾ませた。彼の身近かに彼女が横たわったのだ。

その彼女の顔に彼は、小さなニキビの跡が眉間にあるのを見出した。点のようなくぼみは、醜悪という印象とは無縁の可憐さだった。

小さいが、それは実は内部の心が受けた、小さくない傷を、そうしてひそかにあらわしているのかもしれない。そんな気がして、彼は可憐のなかに悲痛を感じた。

習志野の女にも、こうしたニキビの跡があった。そう思ったとき、いま進一が眼にしたニキビの跡は、習志野の女のそれだと気づいた。それは彼に、彼に寄り添って寐ている女が、実は俊子ではなくて、習志野の女なのだと告げた。

「あっ」

と進一は叫んだ。

「どうしたの」

うめきに似た声が彼の口から出た。

「どうしてるの、いま……」

女の近況を聞いたのだが、相手は顔を伏せたまま黙っていた。

女の顔のまわりには、霞がかかっているかのようで、顔の輪廓がはっきりしなかった。彼の記憶のなかで、習志野の女の顔は、もうおぼろになっているのだ。

進一にとっては初めての女だった彼女のことを、彼は忘れはしないが、顔の正確な記憶はすでに失われかけていた。

その事実に女は気づいたかのようで、それならばと言わんばかりに、すっと遠のいて行った。無言のまま身をひいて行く。

進一とのあの一夜ののち、それなり影を消したときと同じような去り方だったが、しかしあれとはまたちがうものもそこに感じられた。今度こそは裏切らないつもりだったのにと、その姿は彼に言っていた。

外は雨なのか、今日も高下駄をはいているらしく、赤いつまかわが進一の眼に映った。こっちを向いたまま遠ざかる彼女の姿が、次第に小さくかすんで行くのに、赤いつまかわの色だけがいつまでも鮮やかだった。……

うとうとと眠りに落ちた進一は、またしても臭虫に嚙まれた。夢うつつのなかで今度は、農民を前にして演説をしている自分を見出した。合作社の宣伝である。

「わが満洲国（マンチユウクオ）は皆さんご承知のようにその建国の理想を王道楽土（ワンタオラオドウ）の建設に求めているのであります」

その日本語を王が通訳する。

「王道楽土の姿とは、満洲に居住する各民族が協和し、全国民がいずれも勤勉にその業にしたがい、以てその生活の安定を期し得らるるものでなくてはなりません。しかるにわが国の状態を見ますに、働いても働いても住むに家なく食うに食なく、病気になっても医者にかかれないために遂に不具になり、あるいは阿片中毒になって働くことができなくなった人たちが、街にも屯子にも沢山いるのは皆さんもご承知のことと思います。どうです、かかる状態で王道楽土と言えましょうか。いくら働いても働いても生計の安定を求めることができないのは、なぜでしょうか。この障害を除くことが王道楽土建設の第一歩であります」

よどみなく言ってのけた。かねてこの宣伝演説の草稿は、文書にして作られてあったが、まるでそれを丸暗記したみたいに、すらすらと言えた。自己満足に進一の胸はふくらんだ。だが、その胸のどこかに、小さいが固い不安があった。胸にものがつかえたような感じが、一段と彼の語調に熱をこめさせた。

「その障害というのは、農民のみなさんが、めいめい勝手に振舞って、自分一個のことだけを考えているせいではないでしょうか。そのために農民以外の人たちに欺されたり、馬鹿にされたりして、実に損をしています。たとえば皆さんが汗水たらして収穫した糧穀（リャンコウ）を売る場合でも、農民の皆さんがバラバラで、ちっともお互いに話し合って手を結ぶということをしないために、糧桟（リャンザン）の言いなり放題に買いたたかれる。みんな揃ってよくなることで、自分もよくなるのだという考えを皆さんに持ってほしいのです。もともと皆さんのお祖父さん、または曾祖父の人たちが河北や山東の生まれ故郷から祖先の墓をあとに残して、この満洲に新しい生活を求めてきたときは、お互いに仲よく助け合って、一緒に屯子を作り、一致協力して自然の災害や匪賊と戦ってきたのではありませんか。もう一度、その心構えに戻って、皆さん、ここで、合作社をつくり、みんなひとつの家の家族だ、一家子（イージヤアズ）だという気持でお互いに助け合おうではありませんか。この屯の合作社ができれば、県の農事合作社は皆さんにできるだけのことをして、力添えをしたいと思います。皆さんの生活が、そうしてよくなることが、わが国を立派な王道楽土にする一番大切なことで、農事合作社はそのために作られたのであります」

一気にまくし立てた進一は、このとき、石につまずいたみたいに、

（しまった！）

と唇を嚙んだ。王道楽土の、建国の理想のなんて、紋切り型の文句を並べたのは、まずかった。宣伝工作用の文書には、合作社の仕事を左翼的な運動のように疑われるのを防ぐため、そうした宣伝文句を正面切って掲げていた。それを公式的にここへ持ち出したのだが、こんな観念的なことより、農民の実際の生活に訴える話をすべきだった。これでは、合作社が衙門（ヤーメン）のように取られてしまう。と言うより、こっちからむしろ、合作社とは一種の衙門だと宣伝しているのにほかならない。

なんでこんなまずいことをしたのか。古賀から昨夜、まだ左翼だと見破られたことが、たし

かに進一は気になっていた。それをごまかそうとして、満洲国礼讃を口にしたのか。

王が胸をそらせて、いかにも役人気どりで通訳をしている。にがにがしい。しかし、王に向けられたそのにがにがしさは、すぐさま自分自身の胸に落ちてきた。それは彼の胸のなかの不安を募らせる。

(失敗かな?)

それの返事のように、農民のなかから何か歌でもうたうみたいな声が聞えてきた。進一は耳を傾けた。

「——売瓜的不説瓜苦」

満語をまだ勉強中の進一に、農民のその言葉が分るわけはないのに、夢のなかでは、はっきりとそれが理解できた。

進一への当てつけである。瓜売りはたとえ瓜がにがくても、決して人に向って、にがいとは言わない。満人がよく口にする諺である。

これに呼応するように、また農民のひとりが、

「——現官不如現管」

現在の高官は位が高くても、人民に直接接触しない。係の官吏はたとえ位が低くても、人民と直接に交渉するので搾取するのに好都合である。進一を衙門の下っ端役人と見て、こうした俚諺で彼をあざけっているのだ。

トウモロコシ畑が風にざわめくように、農民の群が、にわかにざわざわと動き出した。そして口々に何か呪文でも唱えるように、ぶつぶつ言い出した。

銭落差手
羊落虎口

金は役人の手に落ち、羊は虎口に落ちる。羊とは農民たちのことである。進一を一斉にみつめている彼等の眼が、夜の猫のそれのように光り、その光りは針のように彼の眼を刺した。

衙門朝南開
有理無銭莫進来

役所の門は南に向って開いているが、たとえどんな理由があっても、金のない者はその門をはいらぬがいい。ワイロを持って行かなければ、かならず訴えに負ける。
衙門への呪詛である。合作社を農民がそうした衙門と見たことは、もはや明らかだった。進一は絶望の吐息をついた。
すると、それを合図のように、農民がみんな進一の前から、ぞろぞろと立ち去って行った。

「みなさん。ちょっと待って下さい」

と進一は叫んだが、みるみる農民の群は遠のいて行った。今はあの習志野の女のように黙りこくって、不気味な静けさで、進一から遠ざかる。

「待ってくれ、諸君」

進一の声はむなしく空虚のなかに呑まれて行った。——


隣りの堂屋地（タンウディ）から、住みこみの雇農たちがごとごとと何かやっている音が聞えてきた。進一は眠りを破られた。

（みんな、もう起きたのか）

外はまだ暗かった。眼をしょぼつかせながら、進一がランプの光で腕時計を見ると、まだ三時半だ。

（こんなに早くから働くのか）

雇農たちが食事をすませて、馬のつなぎ場へ出て行く物音を耳にしながら、進一はふたたび眠りに落ちた。

次に彼が眼をさましたときは、朝になっていた。

（寝すぎたか）

あわてて上体をおこした。昼とちがう冷気が肌にしみる。古賀は毛布を股の間にはさんで、背を丸めて寝ていた。

夢うつつのなかに現われた女のことが、ふと思い出された。進一は妻の早苗がそこに登場してこなかったことに気づいた。

ある痛みを心に覚えた。と同時に、早苗の顔が、はっきりと脳裡に浮んだ。何かもの言いたげな、蒼褪めた顔、それは満洲へ出発する彼を東京駅へ送りに来たときの早苗の顔だった。

「半年ほど、ひとりで暮して、様子を見てから、君に来て貰うよ」

プラットフォームに立った進一は言った。家ですでに言っていたことのくりかえしなのだ。

「ええ」

と早苗はうなずいた。

「君も勤めに出て、半年でやめるのはなにかもしれないが、来れたら、ぜひ来てくれないか」

「ええ」

早苗は進一の渡満後、出版社に勤めることにきまっていた。

「場合によっては、半年が一年になるかもしれない。なにしろ普通の会社勤めなどとはちがう仕事だから……」

プラットフォームには寒風が吹きさらしていた。厚ぼったいショールで早苗は顔を包んでいた。つめたい風を防ぐ形で、実は進一の眼から自分の表情を隠そうとしている様子だった。

気の強い早苗も、さすがに悲しみをおさえることができなかったようだ。だが、それを進一にあからさまに見せることはしなかった。弱味を見せるのを憚るかのようだった。

できるだけ早く自分を呼んでほしい——そうしたことも口に出して言わなかった。そんな弱音は吐けないと虚勢を張っている。

二人の間には——この夫婦の間には、何かうそがあった。夫婦のくせに、お互いの本心を見せてない。早苗のほうでは、進一が心を閉ざしていると取ったろうが、彼に言わせれば、本心が語れない妻なのだ。語りたくても、語らせない。ボロが出せなくて、常に見栄を張っていなければならない。

そうした生活は、進一にとって息苦しかった。彼の満洲行きは、新しい生活が彼を招いたからだが、息苦しさからのがれようという気持があったことも否めない。早苗からたしかに逃げ出したかったのだ。

逃げ出すと言えば、思想犯保護観察法が実施されて、詳しい身上調査が改めて行われ出した。偽装転向と目された場合は、起訴留保が直ちに撤回される。そのきびしい監視からも進一は逃げ出したかったのだ。

しかしそれは早苗に言ってなかった。日本ではもう手も足も出ないが、満洲ではまだいくらか働けそうだと、体裁のいい口をきいていた。

「帰りに麻布の家へ寄って、母を見舞ってやってくれないか」

「ええ」

進一の母は風邪をひいて寝ていた。進一の渡満に母は反対なのだった。父も大反対で、見送りに来ていなかった。

ベルが鳴った。

「では、坊ちゃん。お身体にくれぐれもお気をつけになって下さい」

源七が澄子を連れて来ていた。

「源さんも元気で……」

源七は眼をしばたたいた。ここには、ごく自然な感情の流露があった。これが進一と早苗の間にはないのだ。

「澄ちゃんも、そいじゃ、元気で……。今度会うときは、スーちゃんもずいぶん大きくなってるだろうな」

渡満ときまって、澄子を源七の希望通りに預けたのである。

「正二さまにお会いのせつは、さきほどのお守りを、お忘れなく……」

「ああ。かならず渡すよ」

と源七に言って、

「じゃ、行ってくる」

と進一は早苗に言った。早苗の小柄な身体が、このときひとしお、小さく見えた。——

「ああ……」

溜息が叫びとなって進一の口から出た。約束の半年がすでに経っている。

「永森さん」

古賀がむくむくと上体をおこして、

「もう起きてたんですか」

古賀は手首をボリボリ掻いて、

「南京虫にえらくやられた。永森さんもうなされてたな」

「虫にさされて、夢ばかり見てた。そうだ、夢には色がないはずだが……」

赤いつまかわ、赤い唇。その鮮やかな色が今なお眼に残っている。

「色のある夢を見たんですか」

「夢の中で僕は、さかんに演説をやってた。合作社の宣伝演説……」

ちがう夢の話を、しかし正直に言った。

「夢の中だと、とてもうまくやれた。だが、それが大失敗……」

「大失敗?」

「合作社は衙門(ヤーメン)だと、農民たちがみんな背を向けて去って行った。正夢(まさゆめ)になるんじゃないかな」

(本稿は満洲で獄死した佐藤大四郎君の「満洲に於ける農村協同組合運動の建設」に負う所が多い。)

その三

実際は夢と反対に、

「対了(トイラ)、対了(トイラ)!」(そうだ、そうだ)

と言う賛成の声で迎えられた。合作社は衙門だとして敬遠されるのではないかと恐れたことは、危惧にすぎなかった。夢とは逆である。むしろこのほうが夢のようだった。夢のほうが、もしかすると現実なのではないかと思われるくらいだ。

しかし、はじめは——屯子の中央に郭兄弟が呼び集めてくれた農民たちは、まるで強制的に駆り立てられた家畜の群のようだった。従順な牛のような、どんよりした眼、無関心な眼、あるいはおびえと警戒を鈍くたたえた眼を進一に向けているきりだった。表情を失ったような土色の顔は、進一の説明に対してなんの反応も示さなかった。

彼ら農民のために、その貧苦から彼らを救うために必要な合作社なのだと説いても、その農民とは自分らのことではなく、自分らとは無縁の人々のことが言われているみたいに、ぽかんと口をあけて聞き流している。その手ごたえのなさ、頼りなさは進一を、焦燥よりも、むしろ腐った沼のような絶望へずるずるとひきずりこみそうだった。

いらいらといらだつのなら、まだましだ。いかにも無駄なことをしている空しさが、進一の心を腐らせた。よけいなおせっかいをしているおもいで、口をきく気力がなくなって行く。と同時に、彼らを救おうのなんのと、思い上りも甚しいという気もしてくる。

そうした気のせいか、王の通訳もお義理でやっている熱のなさと聞かれた。するうち、その王の通訳に対して、

「対了、対了」

という声が、ふと、どこやらで、ささやかれたのである。掛け声めいた大声ではないことで、それがサクラではないことが明らかだった。

このささやきは、小さいながらも石を、沼に投げこんだかのように、たちまち波紋が大きく描かれて行った。隣り同士で何かひそひそと話しはじめた。そしてお互いにうなずきあうのも出てきた。

反応を示すことに、それを表現することに、なれてないのだ。魯鈍とさえ見られた農民の素朴さを進一はそこに感じた。

沼に石が投じられたという形容は進一にも当てはまるのだった。絶望の沼にひきずりこまれそうだった進一は、これで元気を取り戻した。

「これから夏の除草期にはいります。つづいて秋の収穫期——忙しい時期にはいります。収穫が終れば、みなさんも、お金を手にできますが、それまで、何かとお金がかかることでしょう。お金が必要なのにそのお金がすでに手もとにない人があるでしょう。それはその人がお金を浪

費したからでしょうか。その人が怠け者で、お金の稼ぎがすくなかったからでしょうか」

進一はここで口をつぐんで、王に顔を向けた。通訳を頼むという合図である。

通訳がすむと、進一は言葉をつづけた。

「お金が手もとにもうなくて、どうしてもここで借金をしなくてはならないのは、その人が悪いからではないと思います。去年の秋の収穫期にえたお金が、今までとてももたないのは、現金がすくなかったからではないでしょうか。働きが悪いからではなく、朝から晩まで働いても、現金のはいりかたがすくないからです。それはなぜか」

子供を相手にしゃべっているみたいであり、農民をまるで子供扱いしているみたいだと、進一はちょっと気がさしたが、こうして事をわけて、ていねいに説明することが大切なので、それを子供扱いというふうに思ってはならぬ。進一は一層綿密に話を進めた。

「皆さんが一年中、寒い朝も暑い日中も、そして朝も未明から夜暗くなるまで一生懸命働いて収穫した農産物を、さていよいよ売る段となると、糧桟の言いなり放題の安い値段で買いたたかれてしまいます。それはひどいと、当然のことを言っても、何を言うと叱られたり、鞭でぶたれたりして泣き寝入りをしなければなりません。おまけに穀物の計量のときも、金の計算のときも、何かとごまかされたり、見本と実物とが違うと言って、わざと計量をのばされたりするので、仕方なく安い値段でも目をつぶったり……。こんな具合でみなさんの財布にはいるお金が、ぐんぐんと減らされてしまいます。なお、そのお金の支払いは雑貨舗が糧桟に代って行いますから、ここでもまたいろいろ押し売りをされたり、物を高く買わされたりして、ますますみなさんの財布が軽くなってしまいます。これではまるで街の人たちのために皆さんが働いているようなものです」

王の通訳に、

「対了、対了!」

の声が、あちこちからあがった。

「ついでにここで言っておきますが、作物に害虫がついた場合、皆さんはそれを駆除しようとしないで、神虫と言って虫爺廟にお参りに行く。このため、秋に収穫してみると、虫害のために非常に収量がすくない。これはみなさん、ご経験のことと思う。また豚が病気になっても没(メイ)有法子(ヨウファズ)※と言って放っておくため、なんでも一昨年は、家によっては四十頭の豚が一頭とか二頭とか残っただけで、ほかは全部、豚コレラで病死して、お正月にも大変困ったそうではありませんか。合作社ではこういう皆さんの手にあまる問題についてもお手伝いをするのです。みなさんがお金の必要なときは、年一割一分、月九厘という安い利息で誰にでもお貸しします。今までは、皆さんがお金を借りると、月三分から五分という高利を払わなければなりません。その上、仲介人を通してお金を借りなくてはならないため、その人にお礼もしなければなりませんが、合作社では、その必要はありません」

王がここを通訳したときは、雇農たちの間に、どよめきがおこった。夢のなかのあのざわめ

※編集部註「しかたがない」の意

きより、もっと強いものだった。
「こうした合作社を皆さんもこの屯でぜひ作ることを望みます。合作社は皆さんが糧桟にいじめられるのを防いで、たとえ一銭二銭でも多くのお金が皆さんの財布にはいるようにして、そしてそのお金を有効に農業に使って、穀物の収量を増し、純利益がみなさんの手にはいって暮しが楽になり、子供の教育もでき、病気になればお医者にかかることもでき、何ひとつ心配なしに働けるようにしたいのであります。皆さんのめいめいがよくなることは、わが国を立派な王道楽土にする一番大切なことで、合作社はそのために作られたのであります」

　進一はやはりこの宣伝文句を最後にちょっとつけ加えておいた。最後だからいいだろうと、自分に弁解しながら、

「もしも石油とか塩とか洋火（ヤンホア）（マッチ）とか、生活の必需品が、たとえ皆さんにお金があっても、なかなか手にはいりにくいというような場合、また、はいっても値段が大変に高いというようなときは、県の合作社でひとまとめにして買入れて、それを皆さんに安く、ほしいだけ配給します。合作社はそういう仕事もします。ですから、県の合作社は皆さんの老家（ラオジヤア）（本家）であり、皆さんの合作社はその分家（フンジヤア）であるというふうに考えてもらいたいと思います。この合作社は皆さんの朋友（ポンユウ）であり相談相手であり、また指導者でもあるわけで、どうか決して衙門（ヤーメン）だとは考えないで下さい」

　王の通訳の途中で、ひとりの農民が不意に立ち去って行った。大柄の男で、きたない汗流子（ハンリウズ）

（肌着）が筋骨逞しい上体を包んでいた。

「徐（シュ）だ」

と古賀が進一の耳もとで言った。

「あれが……？」

「徐中元……」


その日、おこった合作社の社員申込みにも、徐中元は加わらなかった。

進一は王を連れて、徐の房子（ファンズ）を訪れた。徐は進一を部屋に入れないで、自分が外へ出てきた。院子（インズ）での立ち話では、ゆっくりと突っこんだ話ができないと進一は思ったが、部屋に入れないものを、はいることはできない。入れろと要求することも進一としては抑えたが、挑むような恰好で出てきた徐の態度も進一に、要求の気持をひるませていた。

ズボンの単褲（タンクー）の上に、布衫（ブーシャン）だけの姿である。布衫はつまりシャツで、客を迎えるときは、その上に単褂児（タンコアル）を着るのが礼儀だが、無礼な姿は、なが話はことわると言わんばかりである。

何かのひどい傷痕が、右の眉毛のつけ根にコブのように隆起していて、それが眼蓋に蔽いかぶさって、右眼をほとんどふさいでいる。凄味のある顔も、何の用だと言わんばかりだった。

王を介して進一はこの徐中元と話をした。

「君はどうして合作社に、はいらないのか」

「はいりたくないから、はいらないのだ」

「どうして、はいりたくないのだ」

「はいりたい人は、はいればいい」

はきはきとそう言う徐は、他の農民とちがって、おどおどしたところがなかった。日本人に対して遠慮もしない。

やはり打頭的（ダージャンデ）らしいとも思われる。ひと口に雇農と言っても、いろいろの労働農業者があって、打頭的はその指揮者格である。すぐれた農業技術を持ってなくてはならないが、それだけでは、打頭的になるには不足で、他の労働者を統率する能力がなくてはならない。

「ひとのことを聞いているのではない」

進一は徐に言った。

「僕は君の気持を聞いているのだ」

「おれは、はいらないが、よその人がはいるのを、おれは邪魔したりはしない。それがおれの気持だ」

雇農の仲間が、ぞろぞろと傍にやってきた。徐は、あっちへ行ってろと手で言わせて、仲間を追い払った。そのとき、徐の身体の、汗くさい悪臭が進一の鼻をついた。

「しつこく聞くようだが」

堂々めぐりだと進一は苦笑しながら、

「君が合作社にはいりたくないのは、どういうわけか」

「別にわけはない。いやだからだ」

前夜、古賀が言った「あやしい前歴」をどうやら事実と思わせるしたたか者の印象だった。

「いや？　どうして、いやなのだ」

「気が向かないから、はいらない」

「そのうち、気が向けば、はいる？」

「はいるか、はいらないか、それは分らない」

雇農たちは、立ち去らないで、遠巻きにしている。こっちの話は聞えないが、物見高い眼で様子をうかがっている。

「打頭的の君が合作社にはいる、はいらないでは、ずいぶん、みなに大きな影響がある。ぜひ、はいって貰いたいのだ」

「いやだと言ったら、いやだ」

「君のような打頭的に、ぜひ、合作社の役員になって貰いたいんだ」

「ことわる」

と王は通訳して、進一に、

「もう、およしなさい。この男は、相手にしないほうがいいです」

徐には通じない日本語で言った。

「こんな男は入れないほうがいいです。郭董事長もそう言ってました。ほかの社員もそう言っています。永森先生(ヨンシエンシエンション)、こんな話は、もう、やめましょう」

「永森先生(ヨンシエンシエンション)？」

と徐中元が聞き耳を立てた。

「うん」

進一は大きくうなずいて、

「僕はナガモリ、永森(ヨンシエン)という名前だ」

王がその進一の言葉を伝えると、徐は口早やに何か低い声で言った。進一にその満語は分らなかったが、徐の語調には強い軽蔑がこめられていた。呻咀に近いとも感じられた。

王は顔色を変えた。それで徐が何か進一を悪しざまに罵ったらしいことは明らかだった。王は通訳をはばかった。

「シェンレンと言ったみたいだな」

進一にはその言葉だけ耳に残っていた。徐が、くりかえして言ったせいもある。

「シェンは永森の森、レンは中国人(ツンコレン)のあのレンかな？　森人――森の人？　なんだろう。待てよ、満洲ではレンではなくて、人の発音はインのはずだな」

「それを、わざとシェンレンと言ったんです」

王は声を震わせていた。

「もう、この男と話をするのはやめましょう。いえ、よして下さい。あなたを怒らせるだけです」

「かまわないから、なんて言ったのか、聞かせてくれないか」

王はためらいを見せたのち、

「シェンレンというのは森の人という意味ではないんです。シェンは森という意味のほか、暗い、いやな……」

「形容詞にも使うわけか」

「森人は、人を森（シエン）にする。暗くする。暗くさせる。そういう意味です」

王は徐を睨みつけるようにして、

「ほんとは、もっと悪い言葉、日本語にありますね。暗い——より、もっと」

「悪い言葉？」

「もっと強い言葉。おそろしいもの、見る……そのときの気持、日本語、なんと言いますか」

王はテニヲハを省いて、いらいらと自分の胸に手をやって、

「そのときの心……ええと、なんと言いましたか」

「ぞーっとする……？」

「それ、それです」

「森人とは、人をぞーっとさせる……？」

なんで、そんな言葉を徐は持ち出してきたのだろう。王に聞くと、今はためらわず、

「あなたの名前、似ている。あなた、永森でなく森人——そう言いました」

「僕は人をぞっとさせる……？」

言いながら進一は、自分でぞっとした。シェンレンと徐が言ったのは、永森の姓をもじった悪口というだけでなく、自分にはたしかに、人をぞっとさせる陰気さがつきまとっているのかもしれない。

その進一に王は、

「こんな男、話、もうやめましょう」

そして満語で徐に何か言った。

徐は右肩を怒らせて、くるりと背を向けた。その背に進一は、

「徐先生（シュシエンシヨン）！」

と呼びかけた。徐はぎくりと、そんな感じで足をとめた。

「君にまだ話がある」

笑顔で言葉の意味を伝えようとするそんな笑顔で、だが、わざとらしい笑顔になっていると自分で感じられる笑顔で、

「徐先生とまだ話がしたい」

そして王にもこう言った。

「僕は徐さんとこのまま喧嘩別れするのは残念だ。喧嘩をするならするで、もうすこし話し合っ

てみたい。通訳を頼む」

　立ちどまった徐のほうへ、進一は足を進めた。

「君が僕をシェンレンと言うのは、まだいいほうだ。君は――君らは僕ら日本人を日本鬼子(イーベングエーズ)と呼んで憎んでいる。特に君が日本鬼子を憎む気持は分る」

　通訳を介さねばならぬのに、もどかしさを覚えながら、進一は言った。

「君は大切な土地を日本鬼子に取られたそうだが、僕は日本人として君にあやまる」

　通訳を渋る王に、進一は命令調で、

「機械的に――どんどんかまわず伝えてくれたまえ」

「でも……」

「いいから」

「はい」

　王は早口に通訳して、つづいて徐の言葉を進一に伝えた。

「あなた、あやまる。それで、土地、戻りますか。戻らない」

　やりこめられた進一は、怒るまいと自分を抑えた。そうした進一を王は、醜態だと見ている顔だ。

「僕の気持としては、戻してあげたい。かえしてあげたい。しかし残念ながら僕にはその力がない」

忍耐強く進一は言った。これが森人的陰気さを人の眼に与えるのだろうか。

「それならば、あやまる、ムダ」

王の通訳はいよいよへたになって行った。にがにがしさのせいなのだ。

「たとえムダでも……」

進一はへこたれないで、

「こういう気持を持っている僕のような人間が、実はたくさん、日本人にもいることを分ってほしい。この気持から、できるだけのことはしたいと、みな思っている。合作社もそのためなのだ」

「だったら、糧桟の悪口ばかり言わないで、なぜ日本人の悪口、言わないか。言わないでしたか」

ああ言えば、こう言うで、進一もむかむかしたが、この徐中元が歯にキヌを着せず、ずけずけ言うのはいい。言ってくれるほうがいい。

「君は糧桟を擁護したいのか」

「合作社ができる。しかし糧桟もある。だから、糧桟に糧穀（リヤンコウ）売る。今までとかわらない。糧桟にみんな借金ある。だから糧桟は安く買う。日本人、合作社をつくっても、同じこと」

「同じじゃない。その点、あとで言う」

王の口まねみたいになった。進一は話を前に戻して、

「満洲の農民の生活が苦しいのを、みんな糧桟のせいにするのは、たしかに間違っている。し

かし日本人のせいにするのも間違っている。日本人のせいだけじゃない。日本人も悪い。悪いとは思うが」

黒い豚が一疋、キーキーと鳴きながら、眼の前を走って行った。小豚のような小ささだが、それで一人前なのだ。

「僕らの考えているのは、もっと根本的なことだ。今の状態を根本的に直したいのだ」

「合作社で、それ、それ、できるか」

「合作社の運動だけで、それができるとは思わない。根本的な解決にはならないかもしれないが……」

進一はここで、心の奥に秘めたことを徐に向って言うべきだと感じた。

「徐さんはさっき、僕のことを、人をぞっとさせると言った。日本鬼子として、徐さんをぞっとさせたのだろうが、僕には実は暗い過去があるのだ。その過去が僕を暗い人間にしている。それが、君をぞっとさせたのにちがいない」

「暗い過去とは、なんですか」

ほとんど閉じられた右の眼からじっと進一を見た。

「僕のこの過去とは、おそらく徐さんと同じ過去にちがいない」

「同じ過去……?」

「僕は共産党に関係していた」

王はびっくりした顔をした。

軽率だったかなと、進一も思わないではなかったが、こうした言葉で徐の心の固い殻を破りたいのだった。

だが、その徐は分厚い唇を歪めて、吐き出すような語調で何か言った。王は感情を殺した声で、

「腿子(トエズ)には、共産党の裏切り者が多い——とこの徐は言ってます」

流暢な日本語だった。片言めいたことを言っていた王に、驚きがこの流暢さを復活させたようだ。

「腿子とはスパイの手下のことです」

「手下?　スパイよりもっと低級な奴か」

怒りが胸に燃え立った。

「徐は僕を腿子だと思っているのか。僕をその腿子だと言っているのか」

「一般的に、腿子は裏切り者に多いと言っているのです」

王は冷静に言った。

「徐も、そいじゃ、腿子じゃないのか」

進一は徐に向って、

「君はその腿子の手にかかって、満洲国軍につかまったのか」

徐はふさがった右眼をかっと開いて、

「つかまったことなどない。そんなこと、うそだ。誰が、そんなことを……」

「僕は抗日義勇軍に一度つかまってみたいと思っている」

と進一は、自分でも不思議な冷静さで言った。

「どうして？」

と徐が顔を近づけた。

「僕らが合作社をやっているのは、満洲農民の幸福を思ってのことだと、僕らの真意を伝えたい」

「それは知っている」

進一をはっとさせることを言って、

「義勇軍も——いや、共産匪にも、それは分っているはずです」

「それなら、なぜ、君は合作社にはいらないのだ」

「気が向かないから……」

と、話がまたもとに戻った。古賀が近づいてくるのを進一は見た。

「では、また、会おう」

と進一は徐と別れた。

徐となんの話をしていたのだと聞く古賀に、進一は言った。

「徐中元のようなひねくれ者を、むしろ合作社の役員にしてみたいと思ったのだ」

「なりましたか」

「まだ駄目だが、そのうち、してみせる」

進一は昂奮した声でつづけた。

「貧農中心はいかんと古賀君は言ったが、支那の合作社は富農中心なので、一種の高利貸機関になっている。ここも、そうなるというわけじゃないけど、支那では合作社が富農の手に握られてしまって、その連中が貸付資金を自分名義で借りては、高利で貧農にまた貸ししている。徐中元のような男を役員にしておけば、そういう弊害が防げると思うんだ」

王は乾いた地面に、乾いた眼を落して黙りこくっていた。


いわゆる蘆溝橋事件を進一が耳にしたのは、この下屯子から綏化へ戻った直後だった。新聞の記事には、中国側の発砲が原因だとされていたが、

「ほんとは日本側が挑発的に発砲したんじゃないのかね」

そういう声が、日本人の間でかわされていた。公式発表を信じなくなっていたのだ。その逆をむしろ真実と考えるくせがついていたが、

「共産軍の仕業とも思える」

と古賀は言った。抗日戦に対して共産軍は積極的だったから、この古賀説は、いちがいに否定できなかった。

「馮玉祥の仕業かもしれませんね」

と言ったのは、王である。珍説と見られたが、王の説明を聞くと、かつて東北義勇軍の影響を強く受けて、抗日同盟軍を組織した馮玉祥は、旧軍閥としての個人的野心からも、失地回復のためのひと芝居打ったのかもしれないと言うのだ。

「日本兵の挑発行為だと言うのは疑問があるわけか。出先の現地軍は、やりかねないがね。しかし中央では今のところ対支慎重論が強いようだな」

進一は言った。

「国府軍だってそうだ。支那はいま政治的統一と経済建設に全力をあげたいところだ。抗日のスローガンはかかげているけど、対日関係を危機に陥れるのはまずいという考えだな」

諸説紛々というところだったが、

「しかしこれで、国民政府と中国共産党とがいよいよ固く手を結ぶことは確実だな」

国共合作がこれで決定的になるだろうという点では一致していた。

だが、この一事件から日中戦争という全面戦争がはじまろうとは、このとき誰も想像しなかったことであった。

一月ほどして進一はハルビンへ出た。徐たちの言う洋框子（ヤンクワンズ）のハルビンへ進一が行ったのは、合作社運動についての打ち合わせという仕事もあったからだが、ひとつは、弟の正二から、ちょうどこの頃、自分も公用でハルビンに出るかもしれないと手紙で知らせてきたためだった。同じ満洲にいながら、二人はまだ一度も会っていないのだ。会うことができなかったのである。

その四

ロシアの帝政時代にその満洲経営の策源地だったハルビンは、いまでもロシア人の町という印象が強かった。おそらく世界でただひとつの白俄（白系露人）の密集地と思われるここは、街にロシア人の姿を見かけることが多いだけでなく、彼らの信仰する旧教寺院の、ネギ坊主のような形をした塔が空に聳えていて、その外観からしてすでに白人の街だった。田舎の屯子めぐりをしていた進一には、満洲とはちがう異国へ来たかのようなおもいが、ひとしお強く迫るのだった。

松花江（スンガリー）に面した埠頭区にロシア人街があった。華やかな商店の立ち並んだそのキタイスカヤ通りを、お上りさんめいた表情で進一は歩いていた。

町角にかならず丸い広告塔がすえてあって、進一には読めないロシア文字の広告がべたべたと貼ってある。赤い煉瓦の壁に、大きな映画の広告が貼ってあるのもエキゾチックな感じだった。アメリカ映画だが、広告の文字はロシア語である。

ギラギラ光る日ざしの下を、うすい夏ものを着た若いロシアの娘たちが楽しげに濶歩している。潤歩と進一は見た。日本の女とさしてちがわない小柄な娘たちもいたが、足ばやに歩いているその足は、日本では見られないのびやかな美しさだった。

　彫りの深い顔も魅力的だ。進一にはギラギラした日ざしよりも、このほうがまぶしかった。だが、それは近くで見ると、金いろのうぶ毛がもやもやと陽炎（かげろう）のように光っていた。

「永森さん」

と進一は満人服を着た男から声をかけられた。満人と見紛うその男は香取潤吉だった。

「やあ」

と進一は言って、それなり絶句した。しばらくと言ったものか。珍しい所で会ったと言ったほうがいいか。

「お元気そうですね」

と潤吉は言って、満人服にふさわしい小帽（シヤオマオ）を上からつまんで、苦力（クーリー）のような坊主頭を出してお辞儀をして、

「永森さんが満洲に来てると、聞いてはいたんだが……」

　進一もこの潤吉が満洲に来ていることを知ってはいたが、満洲のどこにいるのかは知らなかった。

「ハルビンへ、君も出張……?」

「僕はこのハルビンにいるんです」

「ずっと……？」

進一の問いに、潤吉は無言のうなずきで答えた。

「僕はいま綏化にいるんだが、その前にしばらくハルビンにいたんだ」

同じハルビンにいながら、潤吉と今まで顔を合わせる機会のなかったのを不思議そうに言うと、

「その時分はちょうど、よそへ行ってたかもしれない」

潤吉は何かまぎらすように言って、

「ハルビンにいても、僕はあんまり、こういう表通りを出て歩いたりしないから……」

今日は珍しいのだという意味のようだった。

「表通り……？」

「邦人の行くところへも、あんまり顔を出さないもんだから……」

いよいよ妙なことを言った。

「君はどこに勤めているのかね」

と進一は聞いた。

「お茶でも飲みましょうか」

潤吉はハンカチで、あごの汗をぬぐった。

ロシア人のレストランへ行った。進一はアイスクリームを注文したが、潤吉は熱い紅茶だった。

茶碗でなくコップについだ紅茶をロシア娘のウエイトレスが、ジャムを盛った皿と一緒に運

んできた。そのジャムを熱い紅茶に入れて飲むのだ。

清潔なこの店では冷たい飲みものも心配はないが、満洲での生活が潤吉に、熱いものしか飲まないくせをつけさせたようだった。進一は弟の正二が入営した直後、東京でこの潤吉に会ったが、そのとき、潤吉から満洲へ行くと聞いた。そう聞いただけで、潤吉の勤め先のことは知らなかった。

「合作社運動はどうです?」

と潤吉は熱い紅茶をフーフー吹きながら言った。自分の勤め先は言わないで、進一のことを言った。

「君は僕の仕事を知ってんのか」

虚を衝かれたみたいで、

「うん、まあ、着々と進行中だ」

「なかなか大変でしょう」

「うん」

無造作にうなずいてから進一は、

「大変と言うと?」

「なかなか、むずかしいでしょうね」

潤吉は合作社の仕事のことも知っている。ふと進一は警戒をそそられる気持で、

「僕が合作社にはいったのを、誰から聞いたのかね」

「誰って……」

潤吉はコップを傾けて、言葉をにごすふうだったが、

「佐東第四郎さんを僕は……」

「知ってんの?」

「個人的なつきあいはないんですが」

丁寧な言葉つきだが、進一は満人服を着たこの潤吉に、

(この男、なんだろう)

と暗い疑惑を覚えさせられた。思想犯に特有の警戒心と言ってもいい。しかし当の潤吉には、たしかに進一を警戒させるものがあった。

弟の友人というので気を許していたが、

(何かいま、特高みたいな仕事でもしているんじゃないだろうか)

黒く陽やけした顔は、たえず外を出歩いていることを告げる。しかし潤吉自身は、表通りは歩かないと言った。邦人の出入りするところへは顔を出さないとも言った。顔を出せない、表通りは歩けないということにもなる。特務機関にでも所属しているのだろうか。

(徐（シュ）の言った腿子（トエズ）ではないのか)

その疑いを裏書きするようなことを潤吉は言った。

「佐東さんは、あれはコムミュニストじゃないんですかね」

進一は、

（それ来た！）

と唾を呑んだ。扇風機の音が大きくひびいた。

「そんなことないよ」

潤吉の汗じみた小帽（シャオマオ）が、テーブルの隅にふわりと置いてあるのに、進一は眼をやりながら、

「昔はそうだったかもしれないが、いまはちがうよ」

と強く否定した。

「そうですかねえ」

「そうさ」

「そうですか」

と、もう一度、潤吉はがっかりしたように言った。佐東がコムミュニストではないということにがっかりしたようにも聞えれば、進一の否定の言葉そのものに対して落胆を示しているようにも聞かれた。

「潤吉君は僕のこともコムミュニストだと思ってんじゃないのかね」

潤吉は黙って、紅茶を飲んでいた。

「いやだねえ。いつまでも、そんな眼で見られちゃ、かなわんな」

せっかくの転身をそんなふうに見られては困ると進一は言って、

「合作社運動までが、そんな眼で見られてるのかしら」

「そんなことはない」

と潤吉は言って、小帽の頭についている緑色の瘤疸(リユウチエー)を指でつまむと、その帽子を小さくたたんで、

「姉の亭主に赤紙が来たそうですよ」

「小坂部さんに召集が……」

言いながら、小坂部のトンボのような頭を思い出していた。それが、なつかしそうな声とも聞かれたのか、

「あれは全く俗物だ」

と潤吉はほき出すように言った。学生時分、クラシックのレコードに凝っていた潤吉らしい言葉だ。

「俗物……?」

進一と自分とは俗物ではないというわけか。二人の間に共通点を見ようとする潤吉の言葉が進一には意外だった。意外であることによって快かったが、進一は、

「僕もいまは俗物だな」

「永森さんが?」

「俗にまみれている」

生活に、現実に即きたいと内地で思ったことと、満洲での現在との間には、何かギャップがある。それを、そんな言葉で言っていた。自分に言っていた。

「永森さんがそうなら、僕も、僕のほうが……」

潤吉は変にせきこんでそう言うと、

「僕だって、姉の亭主のような俗物ではないけど」

これはいかにも小坂部が嫌いらしい語調で、

「しかし僕もすっかり俗にまみれている。こうでないと、勉強はできないと思ったんだが」

「勉強……?」

「研究と言ってはおこがましいんでね」

と潤吉は謙遜して、

「書斎ではできない勉強を僕は満洲でしたいと思ったんです」

腿子とは思えないひたむきな純粋さを進一に感じさせつつ、

「本を読んだだけではできない研究をしようと思ってんです」

「満洲の研究……?」

「それを小さくしぼって、それもだんだん小さくなって、家族構成の研究というテーマなんですが、いまは、民族性と言うか、人間性というか、そっちのほうに興味をひかれて……」

すっかり俗にまみれていると潤吉は言った。

満人服を着ているのはそのためかと進一はうなずいて、

「潤吉君はいつもその服……?」

「ええ」

「僕も下屯子のときは、田舎へ行く場合はその服だが」

「ここではこれだと、よく満人に間違えられて……邦人から僕など、しょっちゅう満人と見られて、こら、満人のくせにとケンツクを食わされる。王道楽土(ワンタオラオドウ)も、こんなことじゃ駄目ですね」

進一がにやにやしていると、

「去年、内地へ行くのにこの服を着てたら、船に乗るとき、邦人は素通りなのに、僕だけこの服のため、ちょっと来いとやられてしまった。邦人と満人とでは、大変な差別待遇——と言うより、満人は初めから犯罪者扱いですね。身ぐるみ剝がれて、すごい身体検査だ。あれでは、日満一体も何もあったもんじゃない」

激しい口調で潤吉は言って、

「僕の友人で、やっぱりいつも満人服を着て、たえず満人に間違えられるのがいる。わざと間違えられるようにしている点もあるな。たとえば駅などで、満人がながい行列を作っているところへ日本人が来て、大きな顔して、別の改札口からすーっとはいって行くのを見ると、わざと自分もそのあとから、はいって行く。満人と間違えられることを承知の上ではいって行くと、はたして、おい、こらと邦人の駅員に呼びとめられる。友人を満人だと見て、この王八（馬鹿野郎）と罵る。すると友人は、たった今、日本人が通って行ったじゃないか、自分を満人と見て木戸をつくのはどういうわけか、日本人だけ特別扱いして、満人を差別するのはやめなければいけないとたしなめる。そうやって、友人はいつも日本人をたしなめているんですがね。変った男ですね」

「いや、えらいじゃないか。君もやってるのか」

「僕はそれほどでもありませんが」

と潤吉は笑って、

「友人はそれで神経衰弱になっちまった。いや、神経衰弱なんで、そんなにムキになって、たしなめているのかもしれませんがね。一度など、それで取っ組み合いの喧嘩になっちまって……。と言うのが、満洲の日本人は、友人のそんなお説教に、おとなしくひきさがったりはしませんからね。逆に、日本人ともあろうものが、満人服を着ているなんて、日本人のコケンにかかわると食ってかかる。日本人のくせに満人服を着ているというだけで、相手から軽蔑され、変な奴だとあやしまれる。友人はそういう場合、いつも自分の身分を隠して、邦人をたしなめるもんで、相手から威丈高にやられるんです」

「身分……?」

「いえ、なに——僕と同じ役所にいるんです」

「役所と言うと？」

「僕は調査室ですが」

進一にじっと眼を据えて、

「治安部分室というところにいるんです」

と潤吉は言った。

（やっぱり……腿子か）

思わず眉を寄せた進一に、

「何か僕に手伝えることがあったら、いつでもおっしゃって下さい」


この香取潤吉のことを進一は佐東第四郎に聞いてみた。

「香先生（シャンシエンション）？」

佐東はそう言って、

「永森さんとはどういう知り合い……？」

高校時代の先輩の進一を佐東は「永森さん」と呼んでいた。

「弟の友人なんだ」

「弟さんから何か連絡が……？」

「いや……まだ会えない」

「香取先生は満洲へ来てまだそんなにならないのに、たちまちもう、僕らよりずっと満洲通、満人通だ。言葉も今では自由にしゃべれるし……一部では有名な人物だ」

「一部――とは、つまりスパイの筋で有名という意味……？」

「スパイはスパイでも、邦人関係のスパイじゃない」

「それにしたって……」

「気をつけたほうがいいがね。僕がいま言ったのは、知る人ぞ知る、一般にはあまり知られてないがという意味だ。あれだけ深く満人のなかに、はいりこんでいる人物はまずいないだろうな。シナ人街の傅家甸にずっともぐりこんでいる」

「本人は自分の勉強のため、研究のためだと言っていた」

「自分ではもちろん、スパイが本業のつもりじゃないだろうな」

「しかし、いくら研究のためだとはいえ、それでスパイになったんでは、やっぱりスパイが本業で、かたわら自分の研究をしているということになるな。彼も自分で、いまではすっかり俗にまみれていると言ってた」

「惜しい人材なんだがな」

「君子危うきに近よらず……。つきあいはやめよう」

「そうそう、永森さんの言ってた徐中元という打頭的が、あの屯から姿を消したそうだ」

「徐が……」

綏化からいま報告のついでに、徐のことを伝えてきたと佐東は言って、

「前歴がばれて、屯子にいられなくなったらしい」

「どこへ行ったのだろう」


片目のつぶれた徐中元の顔を進一は思い浮べた。憎悪の表情として思い出された。どうしても合作社にはいろうとしなかった徐の心を、それは現わしていると見られる。対抗的な憎悪を進一の心に掻き立てようとする表情とも言える。進一はしかし自分の心をそう簡単に始末できなかった。もう一度徐に会って説得したかったと思う。その機会の失われたことがくやしかった。

「前歴がばれたからって何も……。通匪の疑いでもあったのだろうか。それとも自分から出て行ったのか」

進一はひとりでしゃべっていた。

「第二の謝文東にでもなるつもりかな」

有名な匪賊の頭目の名である。今はもう鎮圧されたが、一時は数千にのぼる「謝匪」を擁していた。襲うさきがかならず日本人の開拓村だった点でも有名だった。討伐に行った日本軍の連隊長が逆に戦死した土竜山事件は、「謝匪」の名を一層高くしていた。

徐中元と同じように日本の開拓移民に土地を奪われたことが、謝文東を匪賊にしたのである。

もとは素朴な一農民にすぎなかった。村の保董（区長）をつとめていたと言うから名望家でもあったのだろう。日本移民の入植によって次々に土地が奪い去られるのを見て、農民一揆をおこした。彼は「民変の義人」とうたわれ、農民が続々とそれに加担した。奪われた土地を取りかえそうというのだ。もっぱら開拓村を襲撃したのはそのためである。無関係な村や村民を襲ったりはしなかった。

地租権を主張して蜂起したこの農民たちは、決していわゆる匪賊ではない。だが日本側はその蜂起を匪乱とし、討匪を行った。

満洲農民たちのほうはむしろ日本の開拓移民を「屯匪」と呼んでいた。初期の屯墾隊をそう呼んでいたのが一般に使われたのだ。彼らからすれば、自分らの土地を奪った日本人のほうが匪賊なのである。

「第二の謝文東は開拓村だけを襲うんじゃなくて……」

進一は言った。

「今度は合作社のある村も襲撃目標にするかな」

「なぜ……」

「日本人のやっている合作社運動、日本側が持ちこんできた合作社組織に屈服したのは、けしからん……」

「――と言って襲撃してくる？」

「冗談さ」

と進一は言ったが、徐中元が第二の「謝匪」を組織して、勇敢に反抗してくる姿を想像することは、不思議な小気味よさがあった。合作社をそのように見られることは不本意だが、徐中元の反抗は、進一にとってなぜか望ましいのだった。

「いや、冗談じゃなくて、永森さん、それはまじめに考える必要がある。今までは抗日義勇軍も合作社のある村は避けて通っていたが、今後はたして、そう行くかどうか。移民政策について、君のいう通り、日本は合作社という新手を考えたというふうに取られるかもしれない」

「なるほどねえ」

進一は自分の単なる思いつきの言葉が、意外に重大な意味を持っているのに気づいた。

「僕はしかし、それほど深く考えて言ったわけじゃない。徐中元が姿をくらましたと聞いて、ちょっと、そんなことを思ったにすぎないんだ。冗談にしてはまずいが——想像というか」

「想像が案外、当ってるかもしれない」

「新手の、より巧妙な手段か」

「土地をへたに奪ったりしないで、そのままにしておいて……そのままその土地で働かせておいて……」

「その収穫を奪う？　土地の代りに収穫を奪う？」

「そうなんだ。今までの移民政策は、ある点、日本人の開拓移民に農産物の増産を期待したからだが、思ったほどの期待が持てないと分った。そこで満洲農民のほうに増産をさせるねらいで、合作社をはじめた……そう取られる可能性は充分にあるな」

「それはしかし、事実といえば事実だ」

「表面はね」

「内面はちがうんだが」

「しかし表面通りに、合作社というのは満洲農民を丸ごと抱きこんで、農産物をそっくり奪いとる手段だと取られれば、第二の謝文東が当然現われてくる」

それが第二の「義人」として農民にこぞって支持されたりしたら、合作社運動の根本的な否定になる。徐中元にそうした「義人」を期待した進一は、とんでもない期待をしたわけである。しかもなお、あの反抗的だった徐中元に、その反抗をあくまで貫き通してほしいと思わないではいられない。

「僕はあの徐中元をむしろ合作社の役員にして、そのうち、こっちの腹も打ちあけて、僕らの同志にしたいと思ったのだが、残念なことをした。実に残念だ」

言いながら進一は、口さきだけでこんなことを言っている自分を恥じた。あとになって残念がるくらいなら、このハルビンに来るかわりに、徐中元に会いにあの屯へ行くべきだったのだ。

「徐中元に僕は、僕らのやっている合作社は満洲農民を幸福にするためだと言った。すると、それは分ってると彼は言った。義勇軍もそれは知っているはずだと言っていたが……」

「だのに合作社にはいらなかった？　どういうわけだろう」

「理由は言わない。聞いても、ただ気が向かないと言うだけだったが……」

「が……？」

と佐東は言った。進一はハンカチで、ひたいの汗をぬぐって、

「合作社は衙門とはちがうと、あまりムキになって力説したのが、逆効果だったかもしれない。実際、あの勧誘のときに、ワンタオラオドウなんて言ったんでは、ぶちこわしだからな。そんなこと言うまいとは思ったんだが、まずかったな」

「永森さん個人の責任じゃない」

進一を別に慰める声ではなく、佐東はそう言って、

「合作社運動は満洲国の国策遂行のための手段だと見る声が、たしかに農民の間にある」

「徐中元は僕に、そうとは言わなかったが」

「しかし永森さんの言う通り、それは事実だからしようがない」

投げた語調ではないが、はっきりと佐東は言って、

「事実はいよいよ御用機関に化そうとしている。しかしそのなかで僕らは闘おうじゃないか。頑張ろうじゃないか」

御用機関のなかで、自分らの仕事を遂行しようと言うのである。

自分らの仕事をするためには、むしろ合作社が御用機関であるほうがいいとも言える。そう

でなかったら、自分らの仕事の場が潰されてしまう。

進一は香取潤吉から自分がコムミュニストと見られることを恐れたのを思い出した。これと同じように、合作社も左翼的な運動と見られることは危険だった。あくまで国策遂行の御用機関と見られていることが必要である。

日本側に対してはそれが必要だが、しかし満洲農民には、そうでないように見られることが必要なのだ。これはすこぶる微妙な問題だった。

自分らの仕事によって、御用機関をそうでないものとして満洲農民に理解させねばならぬ。そしてそうでないものにするために闘おうと佐東は言うのだ。

この佐東は香取潤吉のことを、あれだけ深く満人のなかにはいりこんでいる人物はいないと言ったが、潤吉にとってそれが、自分の仕事のために必要なのだ。進一たちとその点は同じである。

しかしその必要は香取潤吉を、外部の眼にはスパイと見させている。合作社が事実として御用機関であるように、香取潤吉も事実はスパイにちがいない。自分では自分の仕事の必要のためと思っていても、客観的にはスパイの役割を果している。しかし、自分としてはそのなかで自分の仕事をしていると思いこんでいる。

自分らもそれと同じではないかと進一は、

「僕らも、こうなると、香取潤吉みたいなもんだな」

ふと、そんなつぶやきが口から出た。

「似たり寄ったりかな」

自嘲ではなかったが、

「ちがう」

と佐東は強く否定して、

「彼は何も組織の性格を内部からくつがえそうとしているわけではない」

自分の個人的な仕事のために、ただ内部にはいりこんでいるだけである。

「本質的にちがう。しかし、香先生（シャンシエンション）のように、僕らもやっぱり、内部に食いこまないと、仕事ができない。外部からやるんだったら——匪賊になるほかない」

「徐中元のように……？」

「彼が匪賊になったかどうかは、まだ分らない。永森さんは、いやに徐を匪賊にしたがっている」

と佐東は笑った。

この佐東は進一より背が低かったが、そのかわりのように、肩はばが広かった。それは彼の意志の強さを現わしているかのようだった。

進一はこの佐東の兄と高等学校が同級だった。佐東は兄弟揃って同じ高等学校にはいったのだ。佐東の兄はボート部の選手だった。

その五

満洲国政府の御用機関としての合作社――そうしたものを作るのが何も佐東第四郎の目的なのではなかった。佐東が企てた合作社運動というのは、そもそもは、国策遂行機関を作るのが目的ではなかった。

国策遂行のための下部組織を作るのが目的だったら、彼も合作社運動に挺身しはしなかった。御用機関とはむしろ正反対の性格のものを彼は考えていたのだ。

関東軍のいわゆる革新将校には、農民への同情という点で意見が一致して、彼を支持する者があった。「革新勢力としての軍部」の存在が、当初は彼を力づけていた。

農民を現状から救うための協同組合政策を佐東は考えた。それをふくんだ「満洲永年開発計画案」というのを彼は同志とともに立案した。満洲の人口の九〇％は農民なのだから、農業政策はこの国では特殊な重要性を持っている。協同組合政策は開発計画案の根幹なのだった。

あまり急進的な立案では、公的に採用されないから、土地改革には手をつけなかった。地主支配まで直ちにくつがえすのは現実的にも困難があり、立案そのものが「容共」と目される恐れがある。彼はその点、初めから大きな譲歩をしていた。地主支配はそのままにして、協同組合すなわち合作社の運動を通して、農民の意識を地主支配の否定へと赴かせようとひそかに考えていたのだ。

その立案は、一応、公的に取りあげられた。満鉄調査部にいた佐東を中心にして、もちろん多くの人々の力で作られたものだが、いってみれば民間人の建策が公的に取りあげられたのだから、内地とちがって満洲は、革新的な夢を託せる新天地でもあったのだ。

しかしこの立案は最後の段階で骨抜きにされた。関東軍、満洲国政府、それに日本政府派遣代表の合同会議における最終的通過というところで、待ったをかけられた。その否決は却下という形でなく、すっかり骨抜きにされたものが採択された。

外見からすると、協同組合政策はそのまま残されていたが、それは合作社を農産物収集の統制機関として使おうというのである。巧妙なすりかえである。

この原案には非常な苦心がこめられていただけに、佐東の同志のなかには、敗北感に打ちのめされて、身をひく者が出てきた。「革新勢力としての軍部」はやはり幻影にすぎなかったのだ。満洲の新天地に抱いていた夢が破られ、内地へひきあげる者もあった。

しかし佐東は退却しなかった。たとえ骨抜きにされたとはいえ、合作社の組織運動の内部にとどまって、当初の意図を貫こうとした。骨抜きというよりは、むしろ逆用されることになったのだが、それだけによけい、内部に踏みとどまることが大切だと考えたのだ。

よしんばそれが官僚統制機関だとしても、その内部にあって、実際に自分たちが農民のなかにはいってゆくことで、はじめ意図した協同組合精神を生かさねばならぬ。農民とじかに結びつくことで、それを生かすことができると考えた。

進一が渡満したのは、佐東が、こうした決意で合作社運動に従事していたときだった。佐東の周囲には有能な働き手が集まっていた。内地をのがれてきた旧左翼が多かった。彼らのなかに身を置いた進一はそれだけでも、ながい間、彼につきまとっていた孤独感から救われた。やはり満洲へ来てよかったと思った。

自分らの立案が骨抜きにされたことに挫折感を持って、離れ去って行った者もいたが、残った人々は精力的に働いていた。日本人のまだ行ったことのないような部落にも、彼らはそれぞれ手分けして勇敢に赴いた。農民に直接ぶつかって行くこの下屯子が何よりも重要なのだ。往年のオルグ活動で鍛えられている彼らは、骨身惜まず働くことをいとわなかった。むしろ魚が水を得たように、潑剌と動いていた。

合作社といってもなんのことか農民には分らない。そういう農民相手の活動である。協同組合について何の予備知識もない農民を相手に、日常的な利益から説いて、理解を持たせて行くことは、恐ろしく根気のいる仕事だった。糧桟の妨害もあった。しかしそれは彼らを一層奮い立たせるのに役立った。

協同組合政策が公的に承認された以上、天下りの命令で作ろうと思えば作れる。書類を回せば帳面上の組織はすぐできる。だが、それでは形だけ整って、内容がカラになる。下から固めていかなければ駄目だ。ひとつひとつ、コツコツと作っていかなければ、生きた組織にならない。そのためには下屯子が大切だ。それは佐東が初めに考えた協同組合精神を、農民の間に滲透させようという意図の現われでもあった。

組織を生きたものにするためには、行政機構の下部構造とは別箇の組織でなければならないと佐東は主張した。街村制や協和会分会とは独立した、自主的な組織にする必要があると彼は言った。

合作社を農民が自分たちのものと考え、それを自分の手で育て、自主的に運営して、はじめて組織が生きてくる。そのとき、またはじめて合作社が真に「国策」を生かすものとなりうるのだと佐東は主張したが、この主張には、そうした公的な発言の背後に秘められた意図があった。合作社運動を通して、農民の自覚を高め、組織されたその自覚を根本的な問題解決へ立ち向わせようとする意図である。彼がそもそも合作社組織を考えたときの意図である。合作社が生きた組織であることによって、この彼の当初の意図もはじめて生かされるのである。

彼の意図は、合作社を屯単位にするという原則にも秘められていた。労働組合の組織の原則から来ている。

貧農を組織の対象にしたところにも意味があった。富農を加えないというのではないが、富農中心では、新たな中間搾取を発生させるだけだ。それでは「国策」が生かされないという公的な主張のなかに、貧農の大衆組織を考えていた。

そこに、立案を骨抜きにした農業国策への抵抗があり、佐東の言う闘いがあった。貧農の自主的組織が確立されたあかつきは、彼が譲歩した地主支配の延長を、その停止へと切り替えたいというのが彼の意図だった。その意図をくんで、周囲の同志は営々として組織活動に没頭した。だが、合作社の組織が具体的に固まると、それはそのまま農産物収集の統制機関のなかに組みこまれて行った。妙なことになったのだ。下屯子の苦労の結果は、御用機関の下部組織を作るのに他ならないことになった。

合作社の組織が強力になればなるほど、国策遂行への協力になって行く。合作社の内部にひそんでいた矛盾が大きく表面に現われてきたのだ。

「苦労して作ったと思うと、片っぱしから、向うに持ってかれてしまう」

「なんのことはない、これでは敵に塩を与えるようなものだ」

「と言うより、積極的な協力になっている」

「侵略主義の片棒を——お先き棒をかついでいるわけか」

「われわれの意図とは全く逆に、現実は帝国主義的大陸政策の強化に役立っている」

同志の間ではこうした批判的な声も出てきた。これに対して、

「いや、そう言ったもんじゃない。たとえ形としてはそうでも、そう見えても、内容はちがう」

「そうだ。一応、すくなくとも革命の受け入れ体勢を作っていると見ていいのじゃないか」

と言う者もあったが、

「革命の外来待ち……。あなた任せか」

「仏作って魂入れず。これでは無意味だ。いや、有害だ。やはり下屯子のとき、組織活動とともに、われわれのアジ・プロ活動も同時にすべきだな」

単に合作社の組織を作るだけでなく、それを革命的な組織にすべきだというのだ。しかし佐東はこれを極左的だとして排した。運動の破壊になるという意見だった。

それにまた反対が出た。行動の好きな彼らは、同時に議論好きでもあった。

「勤労者民主主義の立場からすれば、現在の合作社運動もそれ自身、充分、進歩的な意義があるということになるだろうが……」

と言って、佐東の指導理論である「勤労者民主主義」そのものに対して批判を加えた。これは佐東の師事していた橘樸の理論でもあった。

佐東は満洲の農業社会を「半植民地的半封建的」と規定していた。「勤労者民主主義」という理論はこの規定から来ている。一部の同志はそれを一種の改良主義だと批判していた。合作社運動の矛盾もそこに原因があるという見方である。

合作社にはこうした左翼のほかに、右翼的な考えに近い古賀のような分子も参加していた。これがまた一方では、佐東の指導理論は左翼的だとして批判を加えていた。――

上海で戦闘がはじまった。

蘆溝橋事件のあと、戦火は北京、天津へとひろがって、早晩、上海へも飛び火するかもしれないと思われてはいたが、このニュースはやはり衝撃的だった。

「いよいよ、これは全面戦争だ」

「長期戦になるだろうな」

佐東とこうした会話をしていた進一の身近かに、もうひとつ、衝撃的な事件がおきた。

徐中元のいたあの屯が、匪賊の襲撃をうけたのである。しかもその夜、下屯子の古賀がそこにいて、匪賊に拉致された。翌日、惨殺された死体が高粱畑のなかで発見されたという。

「古賀君が殺された……?」

このショックは戦争のニュースよりも激烈だった。鋭利な刃で胸を抉られたような肉体的な苦痛さえ伴っていた。

合作社のある屯が襲撃されたという意外な初めての事実と、古賀の死とが結びついていることも、進一の苦痛を強めていた。

(徐中元の仕業だろうか)

徐がまさか古賀を殺したとは思えないが、匪賊をその屯に導いたかもしれないという疑惑は残る。

「匪賊のなかに、徐中元の姿を見かけたというような話はなかったかね」

進一はこの知らせを持ってハルビンに来た通訳の王に言った。

「それは聞いていません」

と王は言った。

「あの古賀君が殺されるなんて……」

なにか自分のせいのようにも思えて、進一はたまらないのだった。

「まじめな、いい青年だったがな。僕は好きだったがな」

彼は彼なりに満洲に夢を抱いて来たのだが、事が志とくいちがって、開拓村から離れて合作社運動に転身した。開拓移民への彼の批判に、進一は耳を傾けて聞き入ったものだった。今のようなやり方では、発展性がまるでないだけでなく、ジリ貧状態に陥って行くと彼は、内地的な農業に固執する移民の前途を憂えた。といって満洲式に、現地人の雇農を使って、大規模な農業経営をやることをすすめるのではなかった。異民族の雇農の酷使、農業労働者の苛酷な搾取の上に成立するそうした経営にも彼は反対だった。

右翼的な青年だったとは言え、彼は日本人が異民族を虐げることには反対だった。農学校出身の彼は、日本人と現地人の差別なく、農民というものを愛した。

合作社運動に対しても彼なりの批判はあったが、それによって満洲農民が現状の貧困から救われることに期待を持っていた。そうした彼が、満洲農民へのその愛情にもかかわらず、むごたらしく殺されたのである。

「可哀そうに……」

古賀の死はしかし、ひとごとではない。匪賊は特に古賀個人をねらったというのではなく、日本鬼子（イーベングエーズ）として殺したのだろうが、合作社運動の矛盾の、一種の犠牲とも言える。

進一はすぐ綏化に戻ろうと思った。その準備をしていると、外に食事に出ていた王が、帰ってきて、

「徐中元に会いました」

さして関心のない声で、

「たしかに、徐中元です」

「徐に会った？」

進一はせきこんで言った。

「どこで……？」

「傅家甸（フージャデン）です」

そこへ王は食事に行ったのだ。満ちたりた腹を両手で撫でながら、

「傅家甸の富錦街……大変コミコミした……」

「ごみごみした？」

「そう、ごみごみした、きたないところです」

王はのんびりと笑って、

「声をかけると、徐はコソコソ隠れてしまいました。ゴソゴソですか？」

「笑いごとじゃないよ」

進一はつい言葉を荒くして、

「徐はハルビンに来てるのか。何しに来たんだろう」

王は聞いたわけではないが、

「さあ」

と言う王に、

「あとを追いかけて、つかまえてくれるとよかったのに」

「つかまえる……?」

王には進一の気持が通じないのだった。進一の言葉使いも悪く、

「古賀さんを殺した匪賊と徐と……関係ありません」

と王は言った。そうして同国人をかばいながら、徐が嫌いな王は、

「永森先生（シエンション）。あんな男ともう関係ない……それがいいです」

徐と関係を持つなという意味だ。

「そうはいかない」

進一は首を振って、

「僕は会う必要があるんだ」

「どですか——ね」

お得意のそれだが、この場合は進一に、分るようで分らない意味不明のそれだった。

「僕が探し出そう」

進一は固執した。

「僕は彼にどうしても会いたい」

「どうしてですか」

王は急に真剣な表情で、

「永森先生。徐に会う、危険です」

「危険……？」

進一も表情を改めると、

「徐はナラズモノになりました」

「ナラズモノ？」

こういった日本語を覚えるのが王は好きなのだ。

「ちがいますか」

首をかしげる王に、

「危険と言うと……王君は徐から何か感じたのかね」

王の言うナラズモノとは匪賊の意味だろうか。匪賊になった徐がひそかにハルビンに潜入している気配でも感じられたのだろうか。

王は眉をひそめて、

「あの日、いけませんね、きっと、これですね」

腕に注射する手つきを見せて、

「クスリ、切れると、あばれる」

「それが危険だと言うわけかい」

「クスリのお金下さいと、きっと永森先生に言います。乱暴します。あぶないです」

毅然とした反抗を期待した徐が、そんな王の言うナラズモノになった？　進一はなおのこと徐に会いたくなった。会わねばならぬと思った。


（本稿は合作社運動に関する田中武夫氏の未発表メモを参考にした。記して謝意を表する。）

その六

ロシア人の町のようなハルビンの一劃に、いわゆるチャイナ・タウンの傅家甸があった。街角の円筒形の広告塔をロシア街の特長とすれば、傅家甸には強烈な色彩の招牌（文字看板）や幌子（看板）があたかも中国人の象徴のように氾濫している。

甸とは本来、王城を去る五百里の地という意味であり、傅とは中国人の姓である。昔ここが荒涼たる草原だった当時、最初に傅という中国人の一家がここへ来て開墾をはじめたところから、こう名づけられたと言うが、今は何十万という中国人の、ひしめくようにして住んでいる町である。北中国の農村から苦力や雇農として今でも続々と入満してくる中国人が、ひとまず足をとどめるのが、この傅家甸である。何年間か身を粉にして働いて、そして稼ぎ蓄めた金を、自分の腹にまきつけて、満洲から故郷の妻子のもとへ帰る場合にも立ち寄って、ほっとひと息つくのが、この傅家甸である。

せっかくの金をここで賭博や酒色で失って、またぞろ、もとの出稼ぎ生活に舞い戻らねばならぬのもいる。そのまま乞食になって、ここの巷をうろついているのもある。そうした人々でここは、中国語で言えば「人山人海（インサンインハイ）」――けばけばしい看板の密集してくる街に、うじゃうじゃと人が溢れている。その雑沓のなかから、進一は徐中元を探し出そうというのだ。

王は綏化に帰っていた。彼を待っている仕事があったからだが、徐を探しもとめることに不賛成なのでもあった。

徐を嫌う王の心理には微妙で複雑なものがあるにちがいなかった。会わないほうがいいと言う王の言葉は、進一のためを思ってというだけでなく、日本側にいわば協力しない徐が、王にとって煙ったい存在なのはたしかだ。しかしその徐が今では、王の言葉で言うと、白麵鬼（バイメングエ）（モヒ中毒）らしいとなると、同国人の悲惨な姿を進一に見せることも気が進まないに相違ない。

しかし進一は徐が悲惨であればあるほど、不幸になっていればいるほど、なお一層会わねばならぬとした。

徐を不幸から救い出したいと思うのだが、救い出せるという自信が、かならずしも進一にあるのではなかった。救ってやろうというような傲慢な気持は、進一の性質として持てなかったし、事実、進一の個人的な力などで、とうてい救えるものではないだろう。しかも、救い出したいと思わないではいられない。救えないかもしれないが、救うために、できるだけのことはしたい。

何よりもまず、進一は徐に会いたいのだった。その会いたいという気持は、徐のためにというより、進一自身のためのようでもあった。一種の好奇心ではないかとさえ思われるときもある。進一の前から姿を消した徐の存在は、今や進一にとって、どうあっても探し出さねばならぬものだった。現実に即きたいと言う決意が、進一のかつて追いもとめた理想にかわるものとして、進一の前に置いた何か——徐の存在は、そうしたものとして、どうしても追いもとめたい何かになっていた。

王が徐を見かけたという街は、傅家甸のなかでも、特にごみごみした、きたないところだった。名前だけは立派な福徳桟、万福桟といった看板をかかげた花店(ホワデン)（木賃宿）がごたごたと立ち並び、道はそのまま鬼市(グエス)になっている。路上盗品即売所とでも言うか。てんびん棒の両端にさげたカゴに、一見ボロや屑としか思えないものを入れた挑筐子的(チヤオコワンズデ)が、道にすき間を見つけると、たちどころに路上にカゴの中のものをひろげて、商売をはじめる。うようよとその道をうろついている浮浪者が、どこからか掻っ払ってきた品物も、同時にその場で売っている。ひとりで歩くのが恐いようなところだが、進一は徐を探してそこをほっつき歩いた。

そうした或る日、徐に似た大柄の、筋骨逞しい男が、地べたにべたりと坐って、おでこを地面にすりつけているのを見た。ザルが——破れザルだが、それが前に置いてあるから、乞食と思われるが、乞食をせねば食って行けないような片輪でも病人でもない。しかもまだ若く、堂々たる体軀をしているのに、どうして乞食などしているのか。

進一のその疑問に答えるかのように、男はすっと上体をおこすと、矢庭に、かたわらの煉瓦をつかんで、われとわが胸を、手にした煉瓦で、はっしとぶったたいた。

固い煉瓦が筋肉を打つ鈍い音、鋭いが故にひとしお不気味な音が、進一をぞっとさせた。力をこめて、ほん気でぶったたいているのだ。

そんなような恰好を見せているというのではない。それはその鈍い音が、いわば聴覚的にも証明していた。ぴちゃんというような高い音だったら、単にぶったたく真似をしていると分る。壮漢は——正にそれは、その体軀から言っても、すさまじい振舞いから言っても、壮漢なのだが、狂人めいたその所行で、道行く人々の足をとどめさせると、いっそ得意気に、つづけて何回となくそれをくり返した。胸の肉は見る間に赤く腫れあがって、たちまち紫色に変って行ったが、その壮漢はなおも、わが身を煉瓦で思いきり打ちつづけていた。

充血した顔から、たらたらと脂汗が流れている。凄惨と言うか、酸鼻と言うか、無言のまま

男はわが身をさいなんだあと、息絶えだえの声で、

「老爺（ラオイエ）！」

と初めて言った。うめくような声で、つづけて、

「太太（タイタイ）！」

旦那さま、奥さま、お恵み下さいと人々に訴えた。

その声に応じて、まわりの人々がなにがしかの銅貨や銀貨を投げ与えた。その声で、われに返って、やっと金を与えることに気づいたかのようにも見えた。

男は肩で息をしながら、路上の銭の数を眼で数えていたが、投げ銭がとまると、

「唉（アイ）！」

と言って、また煉瓦をつかんだ。

望んだ額よりすくないと見たのか、ふたたび、煉瓦を振りあげて、形相もすさまじく、わが身を打つ恰好をした。

すると人々は、あわてて――そんな感じで、銭を投げる。

奇怪な乞食だった。同情をそそると言うより、脅迫に近い。

こういう乞食を見たのは、進一は初めてだった。進一はすでにこの街で、さまざまの大道芸人も見たが、それはなんらかの芸をして見せて銭をせびる。そして乞食のほうは、そうした芸は何も見せないで、ただ哀れっぽい声で人に訴えて物乞いをする。

この男はあたかもその中間のようだった。芸ができないので、せめて芸のかわりに、自分をさいなんでいるようだが、単なる乞食ともちがう。一種の大道芸人めいた乞食とも言える。言いかえると、大道芸人のようで、それでもなく、乞食のようで、それでもない。物乞いのようでそれは脅迫とも見える。

えたいが知れない、その分らなさは、進一の探しもとめている徐中元の正体とどっか似通っている。男は路上の銭をかき集めて、舌なめずりしながら、丹念に数えていた。

やがて男の姿は雑沓のなかに消えた。波間に漂う小さな浮遊物が、あっという間に吸いこまれて行く、あの波を思わせる雑沓である。

こうした雑沓のなかから、徐を探し出そうとすることは、ほとんど不可能に近いと思われる。しかし進一は、組合運動時代のあのねばりを発揮して、無駄かもしれぬということで投げ出したりはしなかった。


古賀の遺骨がハルビンにとどいた。合作社の同志のひとりが日本へ行くについて、それを持参することになった。古賀には母と兄がいたが、満洲へ遺骨を取りにくる経済的な余裕がなかった。

合作社の事務所の一隅に祭壇が設けられ、焼香が行われた。各地に散らばっていた同志が、合作社運動の犠牲者としての古賀の死を悼んで集まってきた。

久しぶりに顔を合わせた彼らの間に、たちまち議論がはじまった。気心の知れている同志だから、外では言えないような突っこんだ内輪の議論が交わされた。

満洲社会の基礎的性格を「半植民地的半封建的」と規定する佐東は、古い地主的土地所有関係を、近代的な資本制的土地関係に変革することが、社会革命の当面の目標だと考えていた。橘樸の唱える「勤労者民主主義」がそこで強い意味を持ってくる。それはつまり、民主主義革命の必要ということで、民主革命を通しての社会主義革命の遂行という理論に立脚していた。合作社運動はその民主革命を推進させるものとして、そこに進歩的な役割を見ようとする。

これに対して、佐東の規定は農業社会の後進性で満洲全体の現状分析を行っているという反対論が、かねてからあった。たとえ満洲の農業社会が近代的発展の後方に取り残されているとは言え、それもまた資本主義経済と直接に結合しており、全体として、特に日本資本主義と固く結びついた非封建制の面を重視すべきだと言うのだ。そこで、むしろ民主主義革命を副次的にふくむ社会主義革命こそが、正しい課題として自分らのになうべき任務だと主張する。

内地での「講座派」と「労農派」の対立が、こういう形でここにも持ちこまれていたのである。中国の本土でも、「講座派」的な「中国農村派」と「労農派」的な「中国経済派」との理論闘争があって、中国の革命運動は「反封建的なブルジョア民主主義運動」であるべきだと言う説と、「農村問題を部分的問題として従属化せしめた反資本主義的なプロレタリア運動」だとする説とに分れていた。合作社運動の同志の間の論争は、その対立の反映でもあった。

と同時に、困難な現実のなかで、いかに闘ってゆくかという戦術の問題になると、お互いに微妙な歪みや逸脱がないでもなかった。そのため、よけい、こんがらかった。言葉だけ聞いていると、今にも喧嘩がはじまりそうな議論を、彼らは取りかわしていた。

「橘さんの勤労者民主主義には、日本の大陸政策への妥協がある」

「その一面がないとは言えないが、それでその進歩的な面をすっかり否定していいかどうか……」

「侵略主義の是認か否認か、これが根本問題だ」

「観念的に否認することは簡単だ。大陸政策は侵略主義だと、頭から否定することは、やさしい。しかし否定だけして、何もしないと言うんじゃ、しようがない。口さきで綺麗事を言っても、はじまらない」

「それは、君らと同じ意見の、内地の封建派に言って貰いたいね。内地はもう、手も足も出ない状態だから、せめて正しい精神的姿勢しか取れないことは分る。と言って、理論と実践の遊離を公然と自認するのは有害だ。封建派こそ、口さき派だ」

「僕ら自身のことを、具体的に論じよう。僕らはお互いに実践してるんだ。否定さるべき大陸政策のなかで、すこしでも良心的な仕事をしようというのが、この合作社運動だ」

「だからと言って、改良主義を肯定することはできない」

「大陸政策は侵略主義だとしても、そのなかで、どのようにして勤労大衆の利益を擁護したらいいか、それが問題だ。改良主義と言われるのを恐れたら、なんにもしないで、口さきだけで否定してるほうがいいことになる」

「改良主義は帝国主義のお先棒だと、ただ口さきでこきおろしても、そこから何も出てこないことは分っている。われわれはみんな、口さきの否定だけでなく、実際に働いている。だが、その実践のために、民族協和まで認めようとする勤労者民主主義は、やはり原則的に承服できない」

「民族協和は民族圧迫のためのごまかしのお題目だ。それはお互いに分っていることだが、現にこの満洲で働いている以上、民族協和を単なるギマンだとして突き放すのでなく、それをすこしでも勤労大衆の前進のために役立たせようとするのが僕らの考えだ」

「それは君らのブルジョア民主革命という考え方から来ているのだろうが、それが根本的に僕らにはおかしいのだ」

「僕らに言わせれば、農事合作社をやっている僕らが、農業社会の封建性を軽視するのは間違いだ」

進一はその座からそっと抜け出した。議論倒れの議論、空まわりの理論闘争だと思ったからではない。実践に結びついた、それの基礎をなす議論であることを、進一は考えないではなかったが、徐を早く探し出したいおもいに駆られていた。

進一は佐東の説を支持していた。

徐にめぐり会うことができたのは、はしなくもこの日のことだった。

屋台の食い物屋がずらりと並んでいるなかを、進一は歩いていた。

トウモロコシの粉で作った大餅子(ダービンズ)、うどん粉の焼餅(シヤオビン)を売っている屋台に、人々がハエのようにたかっている。いずれも一箇三銭である。麦粉をかためたのを油で揚げた果子(グオーズ)は一本五銭なので、これは金のある者しか買わない。腐った果物なんかも売っているが、これは安いからどんどんさばけてゆく。

餓鬼の集まりのようなそこで、喧嘩でもしているみたいな人だかりが、進一の眼をひいた。円形のその人だかりに進一は近づいた。

垢と汗の臭気がむっと鼻をつく肩越しに、のぞいてみると、人が丸く群った中心に、ゴミ入れのようなバケツが置いてある。そのバケツのなかに、どろどろに濁ったものが入れてある。残飯である。

不愛想な顔をしたおやじが、バケツをかかえこむようにして、しゃがみこんでいて、茶碗一杯三銭でその残飯を売っている。豚のエサみたいな、きたならしい残飯だが、それを争って買っているのだ。人だかりはそのためだった。

茶碗は数箇しかないので、人が食べ終るのを待っている。すんだとなると、つばをのみこみながら待っていたのが、すっと横から手を出す。ひったくるみたいに茶碗を取る手も、未練たらしく茶碗を渡す手も、どっちも真黒だ。

空茶碗に、すえたような残飯が盛られる。ハシも、よその男が使ったのをそのまま取って、それでガツガツと粥を口に流しこむ。

まるで、それは酔払いが口からあげたものを、ズルズルと口に入れているみたいで、進一は胸が悪くなって、顔をそむけた。

その進一の眼に、ひとりの男が手づかみで焼餅を頬ばっている横顔が映った。左手に玉米渣児粥（トウモロコシのぬかで作ったカユ）の碗を持っている。

こっちから見えるその男の右の眼の上に、コブがある。正しく徐中元だ。進一はあっと声をあげた。

人をかき分けて、

「徐先生！」と声をかけた。

徐はびくっとした顔をこっちに向けて、進一と分ると、ニヤリと笑った。親愛の表現とはちがう、泣き笑いのようなその表情を、徐はすぐ顔から消すと、何か罵言らしい言葉を進一に投げつけた。

進一には意味は分らなかったが、激しい怒りは、はっきりと感じられた。瞬間、ひるんだが、進一は親愛の微笑を顔いっぱいに浮べて、

「徐先生。やっと会った。君と話がしたいんだ」

相手に通じない日本語を、動作で示そうと、腕をつかんで、

「君から、ゆっくり話が聞きたいんだ。通訳がいないと駄目だから、一緒に来てくれないか」

徐は一気に粥を呑みこんで、その碗を置くと、腕を振り切って、くるりと背を向けた。刑事みたいに腕をつかんだりしたのが、よけいまずかったようだ。徐は大股で逃げるように去って行った。

進一はあとを追った。「人山人海」のなかに紛れこみそうなのを、一所懸命に追いかけた。こわそうな場所へ、どんどん行く。危険な地帯へ誘いこまれそうな不安が来た。

するうち、二階建ての大きな建物の前に来た。その楼上に「大観園」と書いた石の額がかかげてある。その下の石洞のような暗い入口に、つかつかとはいりかけて、徐は振りかえって、

「俺はここにいるんだ」

たしかにそう言ったと覚しい言葉を進一に投げると、入口の奥に姿を消した。

進一も徐のあとからはいろうとしたとき、なかから、市公署の衛生夫の制服を着た男が、大きな干鱈のようなものを、ずるずると曳きずって出てきた。よけながら、進一がひょいと眼をやると、それは人間の死体だった。

ひものみたいにひからびた、真裸かの死体である。枯枝のような細い脛の、骨と骨との間に、がっくりと凹みができている。

進一はぎょっとして、あとずさりした。まわりの人々は、こういうのになれているのか、平気な顔だったが、つづいて、もうひとつ、死体が運び出されてきた。

制服の満人は、河岸の魚屋が、魚をひっかけるのに使うあの鈎に似たものを手にしていて、死骸の首にそれをひっかけて、魚のように無雑作にひっぱっている。そして表通りにとめてあるトラックに、その死体を積み込むのである。

進一は足がすくんだみたいになって、もはや徐のあとを追って行けなかった。ここにいると分れば、今日はこれだけにしとこうと、進一は自分に言いきかせていた。

その耳に、陽気な歌声が聞えてきた。近くの店の軒さきに立った唱々的（チヤンチヤンデ）が、四つ竹めいたものを手で鳴らして、調子をとりながら俗曲を歌っているのだ。死体などには眼もくれないで、声張りあげて歌をうたって、物乞いをしている。

自分が生きて行くほうが重大なのである。それはこの唱々的だけでなく、あたりの人々もみな同じだった。自分らに関係のない死体に、誰も一顧だに与えなかった。

香取潤吉に会わねばならぬ。

王のかわりに通訳を頼まねばならぬというだけでなく、潤吉の助力がなければ、徐をふたたびつかまえるのは不可能だったからだ。

スパイの潤吉には近づくまいと、佐東と話し合っていたのだが、この場合はそうはいかない。

進一は治安部分室に電話をかけて、

「手伝って貰いたいことがある」

と言った。

「手伝いましょう」

と潤吉は言った。用向きを別に聞かないで即座にそう言った。

「詳しい話は、お眼にかかって、しましょう」

進一はていねいに言って、

「大観園というのは、なにかしら」

とりあえず、それだけ言った。あの強烈な印象が、それだけは言わずにいられない気持にさせていた。

「大観園？」

傅家甸に詳しい潤吉とは言え、いきなりそんな名を出されただけでは、分らないのも無理はない。と進一が思ったら、潤吉が、

「ああ、あの大観園（ダグワンユワン）――大変なところをご存知ですね」

「大変なところ……？」

「あれは地獄ですよ。どうして永森さんはそんなところを……」

「ちょっと見ると劇場みたいな……」

「もとは劇場だったそうですよ。大観園というのは、『紅楼夢』に出てくる歓楽地の名で、それにちなんで、つけたものらしいんだが」

潤吉はさすがに詳しかった。

「劇場が潰れて、そのあとが阿片窟になったんです。満洲国ができてから、取り締りがきびしくなって、今では満人相手の木賃宿になってるんですが、それは表向きで、実際はやっぱり阿片やモヒの密売所ですね。警察がいくら手入れをしても駄目なんです。まさか永森さんがあすこへ麻薬を買いに行ったわけじゃあるまいが」

「僕の知り合いが、その大観園のなかへはいって行ったんだ」

「日本人が、あすこへ……?」

「満人の知り合い……僕はその男にもう一度会いたいんで、君にぜひ力を貸して貰いたいんだ。気の毒な男なんで、僕はできたらその男を救いたいと思うんだ。理由はあとで言うが」

「あすこへ落ちたら、もう駄目だな。地獄ですからね。まず、あすこからは抜け出られない。出るときは、死んでるときですね。死体になったら、ひとがあすこから出してくれる」

「そう言えば、あすこから、死体を運び出していた。ひものみたいな死体だった」

「麻薬中毒ですよ」

「真裸かだったが」

「死んだら、すぐ着物ははがれてしまう。死体の着物をはいで、それを売って、阿片代やモヒ代にしたいとねらってるのが、うようよしてますからね」

「なるほど、地獄だな」

「あのなかに、永森さんは、はいったんですか？」

「気味が悪くて、はいれなかった。徐が――男の名前だが、それがはいるのを見たんだ。僕も後を追ってはいろうと思ったが、とても駄目だった」

「永森さんがひとりではいるなんて、とんでもない。あぶないですよ。僕が案内しましょう」

「地獄のなかへ……」

「永森さんも満洲を知るには、一度、地獄のなかを見ておく必要がありますね」


〔1963（昭和38）年「世界」3～10月号 初出〕

尻の穴

過日、吉行淳之介君と、あるおかまバーへ行った。このおかまバーなるものについては、その「ママさん」が、いつか、僕にこう自慢したことがある。「憚(はばか)りながら、あたしんとこは、これでも陰間茶屋の流れを汲んでるんですよ」

すなわちオーソドックスだというわけで、

「この頃はゲイ・バーとかなんとか言って、インチキなのがはやってますけどねえ」

この「ママさん」(と言っても、もちろん男性で、七三に分けた髪をぺたりと撫でつけた上に、女のカツラをかぶっている)の言葉によると、おかまバーとゲイ・バーとは全然違うものなのである。ゲイ・ボーイとおかまとは別物だと言うのだ。おかまでもないくせに、いっぱしのおかまみたいな口をきいて、その口さきだけでサービスしているゲイ・バーは、もぐりだと言わんばかりである。

それに対して陰間茶屋の正統を継いでいるというこのおかまバーは、店のつくりとしてはお茶屋風ではなく、ゲイ・バーと同じくやはりバー風であるが、大正時代のカフェーみたいに天

井に造花を飾り立てた、いわばいかにも古風な店である。こうしたおかまバーに僕らが行った
のは、僕はもちろん、吉行君だって、別にそっちの気があるからではないが、なみのバーで飲
むよりは面白いせいである。

行くとおKさんが（これも男とことわるまでもないが）僕よりここが馴染の吉行君に、

「あーら、しばらく」

と、こぼれんばかりの愛嬌をふりまいた。

「よオ。どうだい」

と吉行君は照れた。

「元気よ」

おKさんは、しなを作って、

「そうそう、Nちゃんが死んじゃったわ」

「Nちゃんが？　どうして？　あの、睡眠薬をしょっちゅう飲んでた子だろう？」

「そう、あの子よ。先月、自殺したのよ。鎌倉で……」

鎌倉と聞いて、鎌倉住いの僕は、はっとした。僕もNちゃんは知っている。この店で一番若
い子である。

「あの子が鎌倉で死んだ？」

割り込むみたいに僕がおKさんに言うと、

「鎌倉の海岸で死んだの。新聞にちゃんと出てたわよ」

「気がつかなかったな」

「新聞に、とっても大きく出てたわ」

「大きく？」

と吉行君は言って、

「だったら、眼につきそうなもんだが、僕も気がつかなかった。何新聞かな」

「内外タイムスよ」

新聞と言えば、内外タイムスにきまってる。そう言わんばかりのおKさんの口調に、

「こりゃ、やっぱり、内外タイムスを取らんといかんな」

と吉行君は憮然とした。

「赤いセーターを着て、派手なスカートをはいて、波打際にNちゃんが倒れてるのを、朝方、人が発見して、交番へ届けたんですって。女が死んでるって」

そう言うおKさんは黒いドレスに黒い靴下、そして靴だけが赤というイキ（？）な姿である。

「警察の人が来て、検死って言うの？　そのときになって、女じゃなくて男だと分ったんですって」

「女装男子の死体か。警察もそりゃ驚いたろうね」

「鎌倉の警察では、そういうの二度目ですって」

珍しいという意味で言ったのか、それとももう二度目だからテキもそんなに驚かないはずだと言うのか。語調としては後者のようだった。

こうしたおかまバーのことでなく、ゲイ・バーのことを僕はかつて「むごたらしい人生」という題で小説に書いたことがある。そのときはここの「ママさん」の言うような、ゲイ・バーとおかまバーの区別を僕は知らなかった。若いおかまのNちゃんが自殺したと聞いて、新たなむごたらしさが僕に迫った。

僕の知っているゲイ・ボーイは女装でなく、白いワイシャツに蝶ネクタイであるが、あるとき、そんな恰好ながら、女そっくりのしなで、日本舞踊をおどって見せた。うまいうまいと僕は拍手して、

「何流だい。花柳流かな」

相手はすぐこう言った。

「陰間流よ」

藤間流をもじったのだが、これでみると、ゲイ・ボーイもやはり陰間を以って任じている。しかしほんとに陰間かどうか、僕は知らない。Nちゃんは陰間だったのである。

昔の陰間は女装ではない。しかし現代の陰間のNちゃんは女装をしていた。そして女装のまま死んだ。波打際に横たわった女装の死体に、冷たい波がひたひたと寄せているのが眼に描かれる。発見者がこのNちゃんを女と見たのは、水死人だと吃驚仰天、あわてて交番に飛んで行っ

たせいにちがいなく、死体をよく見れば、男が女に化けた醜さが、朝の光にしらじらと露呈されていたにちがいない。

どうしてそんな姿でNちゃんは死んだのか。Nちゃんは女として死のうとしたのだ。ゲイ・ボーイなんかより、おかまのほうが遙かにむごたらしいと思われる。

こういうおかまバーを「面白い」と言って遊びに行くのは、どういう根性か。自分のことを自分で、どういうのだろうもないもんだが。

吉行君は一種学問的なと言ってもいい興味を、ただにこのおかまのみならず、変った女性、いや、人間に対して抱いているようだ。僕にはそういった好学心はない。僕はむごたらしさそのものが、ことのほか好きなのか。僕はおKさんに言った。

「なんでNちゃんは自殺したんだろう」

おKさんは声を低めて、

「うちのバーテンさんと恋愛してたのよ」

「バーテンと?」

「バーテンさんにはちゃんと妻子があるの。その晩、バーテンさんとは品川駅で別れて、Nちゃんはひとりで鎌倉へ行ったんですって……」

そのバーテンは店をやめたとおKさんは附け足した。

「ママさんは?」

と吉行君が言った。

「もうすぐ来るわよ」

「よそで営業中か」

Nちゃんの自殺の真相を吉行君は「ママさん」に聞いてみようと思ったのか。

「あの子ね、薬の飲みすぎで、頭がすこしイカレてたのよ」

と言ったおKさんに電話がかかってきた。

「そら、営業の呼び出しだ」

椅子を立ったおKさんに吉行君が言った。

吉行君と僕はNちゃんの死因について論じあった。

「女装で死んだという点からすると、バーテンに惚れたNちゃんがやっぱり自分は女ではないということに、ひけめというか、絶望と言うか……」

「Nちゃんのほうはバーテンに夢中でも、バーテンとしてはNちゃんが女じゃないから……という失恋自殺かな」

「Nちゃんがいくら一生懸命いれあげても、バーテンのほうはただ、いれあげさせるだけ……」

「それとも、ひょっとすると、そのバーテンがNちゃんの純情にほだされて、Nちゃんになまじっかカタギになれとでも言ったんじゃないかな」

僕はこのとき、ふと、僕の友人が、

「――その男を更生させようと思って、逆に自殺へ追いやった」

と言った言葉を思い出した。それとも、それを思い出して、Nちゃんの場合に当てはめたのかもしれない。その友人とは永森進一という男だが、僕にそう言ったのは最近のことではない。今から二十何年も前のことである。満洲の哈爾賓(ハルビン)で永森君に会ったときのことである。大観園(ダグワンユアン)というところの木賃宿に泊っていた満洲人（正確に言うと中国出身の山東児(サンドル)）のことを永森君は言ったのだ。そんな昔の古い話を思い出したのは、某誌に連載中の小説で、僕は今、当時の永森君のことを書いているからである。

大観園のことをその小説で書いているわけではない。そしてその男はおかまではない。もっともっと悲惨なむごたらしい境涯である。その男とおかまのNちゃんとを一緒にしてはNちゃんが可哀そうだと言うか、その男が可哀そうだと言うか。だが、僕が永森君の言葉を、そしてその男のことを脳裡に浮べたのは、やはりむごたらしさということからだった。

そうだ、僕はこの機会に、今まで一度も書かなかった大観園のことを書いてみよう。それは哈爾賓のどこにあったかと言うと――電車に乗って案内しよう。

哈爾賓停車場前から十六道街行きの電車に乗る。警察庁の前の坂を北へ曲って、電車は更に許公路を北へ走る。正陽街の繁華町を通って、派出所前を直角に東に曲ると、右手に花店(ホワデン)（木賃宿）の看板がごみごみと並んでいる大新街に出る。右手に盗品路上即売所とでも言うべき鬼市（グエス）があり、化粧品の空瓶、かけた小皿、雑巾のようなタオル、指のない手袋、折れ釘、それから鼠の死骸（皮が売れるのでこれも商品なのだ）、鶏の脚（れっきとした食料だ）などが、いっぱい陳列してある。角瓶のあやしげなウイスキーを一口五銭ずつで飲ませる男もいる。人がごった返しているなかに、淫売婦がうろうろしていて、大観園の近いことが感じられる。（僕は何度、この電車で大観園へ行ったことか。一時は毎日のように乗ったものだ。）

北五道街という停留場で電車を降りる。すごい雑沓のなかを富錦街に沿って東に五、六米行くと、左側の楼上に、大観園と大きく石に刻んだ立派な看板がかかげてある。

この辺一帯は傅家甸（フジャデン）と呼ばれていたシナ人街である。一名、道外（タオワイ）とも言う。ロシア人がはばをきかせていた頃、道裡（タオリ）（附属地）に住むことを拒否された中国人が、鉄道を距てたこの道外に密集したのだ。このなかに大観園がある。

大観園とは「紅楼夢」のなかに出てくる歓楽地の名にちなんで命名されたもので、もとは劇場だったと言うが、今は（僕が哈爾賓に行った頃は）木賃宿の巣になっていた。棟割長屋のように仕切った部屋に、春林楼、万発楼といった木賃宿が並んで、そのほか、えたいの知れない食い物屋や雑貨屋、更に八卦見や麻薬密売者が、ちょうど日本の敗戦直後のハモニカ横丁みたいに、小さな店を張っている。

内部をいきなり説明してしまったが——例の看板の下の石洞のような通路をくぐって、なかにはいると、中央の土間に大きな階段がある。場所柄、不似合いの大きな階段である。楼上は、下と同じ木賃宿——下より宿賃の安い奴で、一泊十銭の雑居部屋の木賃宿だ。

　中央の階段の下には、いつも大概、真裸かの死体がころがっている。毎度のことだから、誰も眼もくれない。それどころか、そのすぐ傍で淫売婦が、

「唉（アイ）！」

　と客に呼びかけている。

「怎麼様乾一下児吧（ゾンマヤンガンイシャルバ）」（一発やらんかい）

　五毛銭（五十銭）でどうだと言う。客もさるもの、四十銭にしろと言う。死体の傍でかけあっている。

　ここは日本人がはいれる所ではない。ましてや旅行者の僕など、もちろん、ひとりではいれたもんじゃない。

　僕が最初にここへ来たのは、実はさっき名前を出した永森君の案内ではない。永森君に紹介されたその友人のおかげでここへ来れた。S君としておく。S君は、さる機関の命を帯びて、この大観園にもぐって実態調査をしていた。そうしたS君の案内で僕もここへ来れたのだ。

　当時、僕は内地にいても、浮浪者や与太者の群るエンコの路地などをほっつき歩くことが好きだった。そんな僕に大観園はぴったりだと思ったが、S君に案内されて、いざ行って見ると、いやはや、そのすごさは昔の浅草などの比ではない。

この辺の住人そっくりの小褂児（シャオゴワル）に褲子（ターズ）のS君は（普通の長いシナ服を着ていたら目立って駄目だ。僕もS君と同じ恰好をしていた）階段の下の、一見干物みたいな真裸かの死体について、

「ひとつ、連中に聞いてみましょう」

と、附近の人々にいろいろ質問をはじめた。うるさそうに何か一言二言、返事をするのはまだいいほうで、てんで相手にならないのが多かった。死んだ奴のことなんかどうだっていいじゃないかといった風だ。それをしつこく――しつこい感じにならないようにしてS君は達者な満語で聞いた。そして相手の返事をS君が、何も僕にいちいち通訳するという感じでなく、日本語で復誦的に言っていたのは、そうして返事のひとつひとつを心に刻もうとしていたのだろう。

その問答をここに要約すると、

（問）この男はなぜ死んだのだろう。

（答）一、腹が減ったのさ。

二、モヒがきれたのさ。

三、寒さのため凍え死んだのさ。

四、病気さ。

五、老衰さ。

麻薬患者であることは、全身が針の跡で爛れているので明らかだ。しかも干物のようにひからびていて、年の見当はつかないが、老衰といった年とは思えなかった。

（問）この死体はなぜ真裸かになっているのか。

（答）一、死人に着物は必要ない。
二、誰かに取られたのさ。
三、モヒを買うために着物を売ったのさ。だから自分で裸かになったんだ。
唇から何か黒い液が、肉をこそげ取ったみたいに窪んだ頬に、ひとすじ、だらりと流れている。着物を剝ぎ取られたとき、おそらく口から流れ出たものにちがいない。

（問）着物はいつ剝がされるのか。

（答）一、死ぬ前さ。
二、うんうん唸ってる時さ。
三、酒をくらって眠ってる時さ。
四、モヒを吸って熟睡している時さ。
五、宿代を払わない時さ。
六、病気になって金のない時さ。
七、五十銭のモヒ代に着物を取られたのさ。
S君はさりげないふうを装って、入念に質問を続けた。

（問）着物を取るんだったら、なぜ死んでから取らないのか。

（答）一、死んでから取ろうったって、それまでに誰かに取られてしまうじゃないか。

二、死んでから取ると、着物に屍臭がつく。そんな着物は何枚着ても身体が暖まらない。
三、死んだ奴から着物を取って、それを持っていると、かならずたたられる。
四、生きている時なら、みんなが寄ってたかって一緒に取るから、剝がれた奴は相手をいちいち覚えていられない。だから、たたられない。
(問)着物は一体、誰が剝ぐのか。
(答)一、宿屋の同宿の者だろう。
二、宿のボーイか帳場だ。
三、乞食さ。
四、腹の減ってる奴さ。
五、モヒ患者さ。
これでこの死体は大観園の木賃宿に泊っていた男であることが分った。
(問)死体がこんな道路の真中にあるのはどういうわけか。
(答)一、ここで死んだんだ。
二、誰か運んできたんだ。
三、軒下で死なれるとうるさいから、道の真中に捨てるんだ。
四、宿で死なれると宿が困るので、道に捨てさせたんだ。

(問) 道路に捨てられてから、まだ真裸かで生きているのがあるが、あれはどうしたんだ。

(答) 一、執念深い奴だから生きてるんだね。
二、裸かになってるからって死ぬとはかぎらない。
三、たった今宿から裸かにされて捨てられたんだね。
四、道で行倒れた場合、通行人に剝がれたばかりの時はまだ生きてるよ。
五、剝がれてからだっていくらでも生きて歩いてる奴がいる。
(問) 可哀そうとは思わないか。
(答) 一、ま、可哀そうだね。
二、俺たちに何の関係があるもんか。
三、かまわないじゃないか、ひとのことなど。
(問) こんなことして、ひどいと思わないか。
(答) 一、ま、仕方ないよ。
二、死んだ奴には何も分らない。
(問) 見ていて腹が立たないか。
(答) 一、腹が立つ？　なぜ？
二、俺たちにそんなこと聞いたって分るもんか。関係ないじゃないか。
——満洲国政府の治下で僕はこれを見たのだ。失政、悪政の証拠をまざまざとここに見る思いだったが、昔からこうだったと土地の人たちは言う。そう聞いても、僕のうちにたぎる憤りと悲しみは消えなかった。こんなことがあっていいのか。人間がこんなことでいいのか。

僕が哈爾賓に来た当座は、白系ロシア人のレストランやキャバレーへ行って、

「エキゾチックだねえ。いい気分だね」

などと言って、うつつを抜かしていた。軍人がわがもの顔に振舞っていた当時の満洲で、いい気分なんてものは、ほんとはありえなかった。だからかえって、いい気分を追い求めていたのだ。

するうち、永森君に僕は偶然会った。彼は満洲の合作社運動に身を投じていた。至極まじめな男である。

「開拓村の見学ですか」

と僕に言った。いやあと僕は苦笑した。

「キャバレーの見学みたいなもんですな」

おちゃらかしたが、永森君は、

「開拓移民は問題ですね」

会うなりすぐ議論をはじめるのに、僕は辟易し、学生時代とちっとも変らないなと思った。

農事合作社の実際を僕は知らなかった。満系農民の、それも貧農中心に一種の協同組合を作っ

て、その窮状を打破しようとしている良心的な運動だということ位しか知らなかったが、そうした運動に永森君が献身している事実には敬意を表した。しかしその、何かくねくねして、すかっとしない人柄にはなじめない。たとえその生き方が良心的でも、そのことと人間とは別だった。

「いつまでも、秀才から抜け切れないいんだな」

僕はそう評したことがある。すると、ある人が、

「いつまでも、精神的な包茎なんだな」

そしてこうも言った。

「いっぺん、淋病にでもなってみたら、どうだろう」

うまいことを言うと僕は思った。そうした永森君が大観園の存在を僕に語った。

「地獄みたいなもんだな」

と彼は言った。大観園の実際をまだ知らなかった僕は、観念的な形容だと思ったものだ。

だが大観園は地獄みたいなもんじゃなくて、正に地獄そのものにほかならない。僕はさっき、階段の下の死体のことを書いたが（こうした死体がいくつかたまると、市公署の衛生車が来て、満人の衛生夫が、魚市場の鈎にそっくりの奴で、ひょいと死体の首をひっかけて、無造作に車に積みあげる）こんな死体になる寸前の男が、階上の木賃宿からつまみ出されるのを、ある日、この眼で見た。

宿泊人は一泊十銭の宿賃をかならず前金で払わなくてはならない。それが払えないのは、容

赦なく出されてしまうのだ。

木賃宿の管桟的《クワンザンデ》（ボーイ）につまみ出された男は、褌子だけははいているが、上半身は裸かで、骸骨みたいにあばら骨が出ているのからすると、どうやら白麵鬼《バイメングエ》（モヒ患者）である。外で搔払いかなんかして宿賃の工面をしたくても身体がすでに言うことをきかないのだ。それに木賃宿としては、この男、もう死にそうだと睨んで、早速、追い出したのにちがいない。

ボーイのあとから帳場の番頭――掌櫃的《ジャングイデ》が鞭をふるって追い立てる。さわるのが汚ないから鞭を使っている。そうと見られたが、とっとと階段の下へ行けと怒鳴りながら（僕には言葉は分らなかったが、手つきで分った）掌櫃的が振りあげた鞭は、ピシリピシリと男のあばら骨を叩いていた。

仮りにもお客だった男に、この仕打ちはなんだ。そう思うのはトーシロで、宿料を絞り取れないと分った客は、もはや虫ケラ同然だ。ましてや宿で（道ばたでなく、大切な商売用の部屋で）死にかけるなんて不届きな奴は、どんなに鞭で叩いてもあきたらない位なのだ。

男は階段からごろごろっと、だがいかにも軽々と転げ落ちた。すると周囲から、ハエが一斉にたかるみたいに、わっとその男を眼がけて人が馳け寄った。一番さきに手をかけたのが勝ちで、そいつが男の褌子を剝ぎ取った。骨と肉の間に陥没の窪みができた、腕みたいに細い二本の足がむき出しになった。

あとで僕は、木賃宿からこうして瀕死の身体で追い出される場合は、同宿の者かボーイかに、かならずすでに衣類を剝ぎ取られていて、はじめから真裸かなのが普通だと聞かされた。褌子をはいていたこの男は、何か悪質の病いでも持っていたのかもしれぬ。

真裸かにされた男は、耳を蔽いたいような呻き声をあげていた。

「先生（シエンシヨン）！」

と群集のなかから、誰かが階上へ向けて叫んだ。

「先生」とは誰かと思ったら、声に応じて悠然と階段を降りて来たのは管桟的だった。呻いている男の傍に寄ると、眉ひとつ動かさず、その足でコンと蹴った。どこか急所を知っているらしく、真裸かの男はぴたりと呻き声をやめた。死んだのである。

この大観園で、こうした殺人は悪事ではなく、むしろ死にきれないで、はた迷惑の呻き声をあげるほうが、いけないことなのである。管桟的は公衆の安寧のために、この白麵鬼に引導を渡しただけである。

白麵鬼の死体は階段の裏手に運ばれた。穴のような眼窩の奥で、その死体は眼を開けていた。それはやさしく人をいたわるような眼ざしだった。

僕はこのとき、こうした騒ぎに何の関心も示さないで、同じ階段の下で、何かひとりでごそごそやっている男を発見した。褌子をおろして、尻を丸出しにして、まるでそこでクソでもしようとしているみたいな恰好だが、便所は入口の左側にあるのだから、クソではない。うしろに廻ってそっと覗いてみたら、道で拾って来たらしい泥だらけの紙を地面に置いて、ぶるぶると震える手で阿片の吸飲管にくっついたヤニを取っては、そのきたない紙になすりつけている。それをどうするのかと思ったら、痔の薬でも貼るみたいに、ヤニのついた紙をべたりと自分の尻の穴に当てた。

阿片中毒者が阿片を買う金がないので、そうやって、尻の穴からせめて阿片を吸わせていたのである。私土（密売阿片）は一包五十銭——宿賃の五倍という高さだし、上等なのになると二円もするから、買うのはなかなか大変なのである。

尻の穴と言えば、僕はまたこの大観園で、モヒを尻の穴に挿入しているのも見た。水に溶かして注射するのが一番効くのだが、注射器なんて持ってないのであり、持っている奴に頼むと注射代を取られる。そんな金がないのである。

赤錆びた注射器でも、それを一本持っていれば、結構いい商売ができる。注射一回十銭ずつ取っても、一日相当な稼ぎになる。その注射屋も大観園の木賃宿の住人で、彼自身だって、中毒患者なのである。永森君が言った地獄とは決して観念的な形容ではなかったのである。

永森君がどうしてこの大観園を知っていたのか。それには次のようなわけがあった。彼はこう語った。

合作社の組織のために永森君はある屯子（部落）へ行った。附近にときどき共産匪の出没しているところだ。

囲子をめぐらしたその屯子で、永森君は合作社にどうしてもはいろうとしないひとりの打頭的（日雇いの農業労働者）に会った。徐琳昌という男である。合作社とは決して衙門（役所）ではなく、農民のための協同団体なのだと説いても、徐は、

「俺はいやだ」

と参加を肯んじない。

この徐は日本の開拓移民に土地を取られて――雀の涙ほどの金で買い取られて、雇農に転落したのだ。徐にとって日本人は文字通り東洋鬼子なのだった。

永森君は徐に対して深い同情を寄せた。だが同情だけではどうにもならない。徐にふたたび、もとの土地を戻してやることが一番いいのだが、それは不可能だし、ほかの土地を買い与えてやるような資力が永森君にあるわけはない。

しかし徐のために何か力になってやりたいと永森君は思った。はじめのうち徐は、永森君を白眼視、いや、鬼子視していたが、やがていくらか心をひらくようになった。そうなったとき、徐はふと屯子から姿を消した。

「可哀そうに部落から追い出されたんです。追放ですね」

そう言う永森君に僕は聞いた。

「合作社に反抗したために？」

「いや、そうじゃないけど、しかし……」

言葉を濁して、

「徐はその屯子の雇農になる前に、満洲国軍に捕えられて、やっと許されたという秘密の前歴があって、それが屯子にばれたんです。今でも共産匪の一味かもしれないという噂が立って、農民たちはそんなのにいられちゃ迷惑だと、徐を追い出してしまったんです。日本人から迫害された徐が、今度は同国人からも迫害されたんです」

「ふーん」

「しかもその原因は僕にあると徐は思ったにちがいない。僕のせいで、屯子を追われることになったと……。と言うのは、徐が僕に対していくらか心を許すようになったとき、僕は徐に向って、僕だって、もとは共産主義者だったことのある身だと、自分の前歴を打ちあけて、だから仲良くしようと言ったんです。君にも似たような前歴があるらしいが、仲良くしよう……。もちろん僕は満語がそんなにできないから、僕がごく親しくしている王という青年の通訳でこうした会話を交わしたんですが、徐は自分の前歴が僕にばれてるのかと、ぎょっとした顔だった」

「君が徐の前歴を知ったのは？」

「それは、一緒に下屯子(シャトンズ)――屯子へ組織に行った同じ合作社の仲間から、これは日本人ですが、それから聞いたんです。その仲間はまた屯子の農民から、こっそり聞いたんで何も僕らだけがつかんでる秘密じゃない。だが、その秘密が屯子に、ぱっとなったとき、徐としては、きっとこの僕がしゃべったせいだと思ったでしょうね」

「誰がしゃべったんです?」

「王がしゃべるわけはないし、僕の仲間だって、そんな……おそらく僕の仲間に告げ口した満人の農民がしゃべったんでしょうね」

屯子を追われて、徐は行方不明になった。ふたたび共産匪に加わったのだろうと永森君は思った。徐の行き先はそれ以外にないし、それが彼にとってほんとうに生きる道なのでもある。

ところがその徐に、永森君は哈爾賓でばったり再会したのである。酔払いのようなふらふらした足どりで、徐は傅家甸の雑沓のなかを歩いていた。花子(ホワズ)(乞食)のような風態である。

「徐琳昌(スウリンチヤン)!」

永森君が声をかけると、徐はぷいと顔をそむけて、足早やに去って行った。

(人違いかな?)

いや、たしかに徐だ。永森君は、そっとあとをつけた。徐は大観園の看板の下をくぐって、不気味なその内部に姿を消した。

永森君はS君に頼んで大観園へ行った。そこの最低の木賃宿に徐は泊っていたのである。

「この大観園というのは大変なところなんですよ。地獄みたいなもんだ」

と永森君は僕に言った。僕が大観園に興味を持ち、S君に連れて行って貰ったのは、永森君からそこの話を聞いたからだった。

地獄のなかに徐は住んでいた。徐は地獄に落ちたのである。すでに麻薬のとりこになっていた。

永森君は徐を救おうとして、彼のために職を探した。そして徐に、大観園から出るようにと言ったのだが、徐はこの地獄から出ることを拒んだ。その理由を徐はぽつんと、まじめに働く気がしないのだと言った。

何をして食っているのか、とにかく貧窮のどん底らしい徐に、永森君は金を与え、働く気がおきるのを待っていると言った。そして十日に一遍は自分のところへ顔を出すようにとも言った。徐はその約束だけは守った。永森君から金を貰うためである。それだけの目的で永森君に会いに来るが、徐を更生させようとする永森君の希望には一向に応じない。僕が永森君に大観園の話を聞いたのは、彼と徐との関係がこんな工合だったときである。

「共産匪のほうへ徐は行くことができなかったんですね。一遍、節をまげた以上、復帰は許されないらしい」

と永森君は僕に言った。そして自分自身に呟くみたいにこうも言った。

「徐が僕から金を貰うのは、面子の点から、はじめは苦痛だったようだが、今は背に腹はかえられないと言うか、恥も見栄もない状態になっている。いわば搔払いの代りに、僕から金をせしめているみたいで……自暴自棄と言うより、もっと無感覚の破廉恥な人間に、だんだんとなって行く感じだ。だから、そんな彼に金をやることは、いつまでも彼を立ち直らせないで、むしろ更生を阻むことになりそうだが、と言って、今まで金を与えていたのを急に中断することもできないし……」

徐に対してどういう手を打ったらいいか、永森君は悩んでいた。誰だってこれは悩むだろうが、今まで現実をいわば観念的に割り切ってきたような永森君にとって、この悩みは、下品な言い方だけど、包茎の手術のような作用をもたらすかもしれないと、そうも僕には思われた。

こうして徐はかかさず永森君のところへ金をせびりに来ていたのだが、ある約束の日に姿を見せなかった。

何か異変があったのではないか。永森君は徐の様子を見に大観園へ行った。それに僕も同行した。

徐は二階の上舗（シャンプー）（屋根裏の雑居部屋）を常宿にしていた。S君が一緒ではないので、階上まで昇って行くのは、僕らもさすがにためらわれて、

「徐！　徐琳昌！」

と下から永森君は呼んだ。

いくら呼んでも徐は出てこなかった。

永森君の声は、淫売婦の群が客を呼ぶ声に消されがちだった。この淫売婦たちはいずれも木賃宿の単間児（ダンジエル）（小部屋）で商売をしているのだ。雑居部屋とちがって、とにかく、これは個室である。

ここのすごさは——僕が見たその一端はすでに書いたがここの実態をしらべているS君の話によると、単に眼で見ただけでは分らない、もっとすごいむごたらしさがあるのだ。たとえば

永森君の横で、

「唉（アイ）！」

と客を呼んでいる淫売婦たちにしても、母と娘が一緒に淫売をしているのもある。更に、自分の女房と娘に淫売をさせて、その稼ぎをもっぱら自分のモヒ代に注ぎこんでいる男もいる。こういうむごたらしさは、外から見物しただけでは分らない。夫婦と娘の三人が泊っている、ひと部屋だけの単間児で商売をするのだから、女房が客を取って、

「宝見児（パオベル）」

なんて言ってるときは、亭主と娘が外に出ている。亭主は、まあ大概、外をほっつき歩いているのだろうが、娘が商売をしているときは、その母親は部屋の外で待っている。

「心肝児（シンガル）……」

と娘が客に言っている声は、外の母親に筒抜けである。

娘にだけ淫売をさせている母親もある。そういう母親は婆さんときまっている。ところが、自分で母親だと言ってても、その老婆が実は領家児的（リーンジャルデ）だという場合もある。借金のかたに取った女に淫売をさせているのだ。それを領家児的と言って、もちろん男の領家児的のほうが多い。質草として、あるいは賭博に勝った代償として、ひとの娘や妻や妾を自分の所有物にして淫売をさせるのだ。

そんなむごたらしい目に会わされている女たちは、はたから見ると、いっそ死んだほうがま

しだと思える。だが、こういう女たちは決して死なない。病毒に犯されて死んで行っても、自分からは死なない。むごたらしさだけでは人間は自殺できないようである。

　大観園の隣りには大きな遊廓地帯があって、そこでは女郎を揚げると床をつける前に、一緒に茶を飲んで話をする「開盤子（カイパンズ）」というのがあるが、大観園の淫売にそれはない。玉の井、亀戸と同じ直接行動だけである。いや、あのシマよりもっと落ちる。お値段で分る。

　チョンの間の「関門児（グワンメル）」は、二十銭から四十銭だった。時間遊びの「拉舗（ラブー）」は四十銭から六十銭。タマによっては一円五十銭という女もいるにはいた。泊りの「住局（ズージユイ）」は一円から一円五十銭。玉の井あたりでは、これは「関門児」の相場だ。

　二十円の身代金で十三歳の少女が淫売になっていた。春芳という可愛い子だった。ここで僕がこうした哀れな淫売婦に哀れな恋でもしたというような話でもあれば、いかにも小説的なんだが、あいにくと、そんなうまい話は問屋が卸さない。そんな甘っちょろいことは、ここでは存在しえないのだ。

　僕のことをちょっと書けば、ここに足を踏み入れた当座は、やり場のない憤りと悲しみに心を噛まれたものだが、やがてここのむごたらしさに慣れると、だんだんと、もっとすごいむごたらしさをむしろ望むようになった。それは僕がむごたらしさに対して不感症になったからというのではない。むごたらしさが僕の心をもっともっとさいなむことを望んだのだ。僕自身、そうして汚濁に塗（まみ）れたいのだった。

僕は大観園附近の街頭バクチにも相当凝った。僕は特にバクチ好きの人間ではない。それが変に没入したのは、今から思うと、麻薬の誘惑に負けそうなのを、せめてバクチで紛らせていたのではないか。僕はもうすこし永く哈爾賓にいたら、てっきり白麵鬼になっていたろう。

麻薬のことを書きたいのだが、公衆の安寧のため、それは差し控える。ただし、いやな話ならいいだろうから、二つ三つ。

女のモヒ中毒者は大旨、不妊症になるのだが、妊娠してから中毒にかかると、胎児もまた中毒になるらしく、お産のときに、普通の赤ん坊のような泣き声を挙げないのがいる。そういう赤ん坊には阿片の煙を吹っかけると、初めてオギャアと泣き出すんだそうで、ぷーっ、ぷーっと生れ立ての赤ん坊の顔に、盛んにやっている女がいた。だが、その赤ん坊は泣かなかった。赤ん坊は死んでいたのである。

モヒ中毒の男で、小便を我慢して、顔から脂汗を流しているバカがいた。小便をすると、大切なモヒの精分が排泄されてしまうと言うんで、それがもったいないと、うんうん唸って小便を我慢しているのだ。

モヒを尻の穴に入れることは前に書いたが、紙で漏斗を作ってモヒを耳の穴に入れる手もあると言う。水に溶かしたモヒを目薬のように点眼しているのも見た。この辺でやめとかないと、だんだんあぶない話になる。バクチのほうがいいだろう。

僕のやった街頭バクチはいろいろあるが、一番普通の奴は揺骰子宝（ヤオサイズパオ）である。サイコロは三つ。

四角い厚紙に対角線二本をひいて、それで四つに分けられた部分にそれぞれ、一、二、三、四と数字が書いてある。それに賭けるのだ。

孤定（グチエン）と言って、一、二、三、四のそのひとつを選んで賭けてもいいし、もし一と二の両方に賭けるときは、紙幣を対角線の上に置く。これをたしか「拐（グワイ）」と言った。

荘家（チャンジャ）（親元）が三つのサイコロをツボ（茶碗）に入れる。よく振ってツボを下に置く。金はそれから賭けるのだが、親元の横にいる「宝官児（パオグワル）」がツボに手をかけて、固唾を呑んでいる客の前で、さっとあげる。三つのサイコロに出た目が、もし三と四と五だったとする。合計十二点。それから四点ずつ引いて行く。残った四点が親の点で、四に賭けた客は三倍の金をせしめる。三と四に賭けた者は、三が負、四が勝でトントン、勝負なし。

もっと複雑で面白いのもあったが、賭博御法度の日本ゆえ、その筋からお目玉でも食うといけないから、書くのはやめておく。僕はこの街頭バクチで大分、金をすった。なに、金額にしたら大したことはない。だから、みみっちいバクチである。しかし、僕は乞食みたいな満人と一緒になって、このバクチをやるのが、なぜかひどく楽しかった。僕は、ほんとは、阿片なんかをやりたかったのだが……。

永森君と僕が大観園へ行った翌日、徐は永森君のところへ現われた。いつもは宿だが、事務所へ来たのだ。通訳の王がいたので永森君は徐と、これもいつもとちがった長話ができた。

徐はバクチですって、一文無しになって、永森君のところへ金を貰いに行ける日を、徐としては実は待っていたのだと言う。メシを食う金もなく、掻払いでもしてメシ代を稼ぎたかったが、身体の工合が悪くて外へ出られない。背を丸めて寝ていると、隣りの男が、

「ものは相談だが」

と徐に話しかけてきた。着物を貸してくれたら、自分がかわりに外で稼いでこようと言う。その男はモヒ代のために自分の着物を売り飛ばして、真裸かになっていた。紙屑にくるまって、震えている。

徐はその男に着物を貸し与えて、稼ぎの一部にありつこうと思った。これがいけなかった。徐はお人よしなのだった。自分が今度は真裸かになって、その男に着物を貸してやったはいいが、男は徐の着物を借りるとそのまま、トンズラ——待てど暮せど帰ってこない。それは永森君との約束の日のちょうど前日だった。

「お人よしと言うより、ひとを信用する気持がまだ徐の心に残っていたんですね」

永森君は僕に言った。人間性が全く破壊されてはいなかったのだ。

「それとも逆に、失われた人間性を、そのことで回復できた。そうとも見られますね。人にだまされたことで、麻痺状態から蘇って自分のうちに人間性を取り戻した……」

「多分、その両方でしょうね」

と僕は言った。

真裸かでは永森君のところへ行けない。翌日、徐が飢えと寒さで死にそうな身体を雑居部屋の片隅に横たえていたところへ、永森君と僕とがその大観園へ行ったのだ。徐は永森君が自分を呼ぶ声を聞いた。匍うようにして窓際に行って、徐は永森君の姿を見たが、サルマタもはいてない真裸かでは下へ降りて行けない。だったら、せめて永森君に上から声でもかければいいのに、徐はそれをしなかった。できなかったと言ったほうがいい。徐の目から涙が溢れてきた。

(この日本人はどうして自分にこんなに親切にしてくれるんだろう)

その日がすぎると、幸い新入りの者から徐は、一時間十銭の約束で、やっと着物が借りられることになった。

それでやっとこの事務所へ来られたのだと言う。その言葉がうそでない証拠に、徐に着物を貸してくれた男が、シャツ一枚で事務所の門口に立ってぶるぶる震えている。徐に逃げられては大変と見張っている。それに着物の貸し賃は徐が永森君から金を貰ったら返すということになっているのだろう、首尾やいかにとうかがっていたのだ。

「よく、まあ、歩いてここまで……」

と永森君は窶れ果てた徐をいたましそうに見た。今にもぶっ倒れそうな身体を、やっとの思いでここまで運んで来たのにちがいない。しかし徐は黙っていた。階上からこの永森君に声をかけなかった徐は、のこのことまた会いに来た自分を自分でさげすんでいるような表情だった。

「さ、早く粥でも食べなさい」

と永森君は徐の前に金を差し出した。すると突然、どうしたわけか徐は、

「自分は乞食じゃない」

と怒り出した。

「こんな金は受け取れない」

金を貰いに来たはずの徐がそう言うのだ。王も当惑しながら、しかし忠実に通訳した。

「僕は君を乞食だと思ってはいない」

永森君もむかっとして、

「いつ、君を乞食扱いした？」

「じゃ、なぜ金をくれるんだ。乞食扱いしてるじゃないか」

「ちがう。僕は乞食に恵むような気持で、君に金を与えているのではない。君がまじめに働く気持になるようにと思って、その日の来るまで君をこうして支えていようと考えたのだ」

「一体、あんたがこの俺にこう親切にしてくれるのは、どういうわけなんだ」

永森君の返事を待たず、

「あんた方、東洋鬼子（トンヤングエーズ）はこの満洲へ来て、さんざ悪事の限りを尽している。あんたは俺に金をくれて、せめてその償いでもしようと思ってるのか。こんなことで、こんなハシタ金を俺にくれて……」

王は一応通訳はしたが、満語で徐をたしなめた。それはかえって徐を怒らせただけで、

「こんな親切の押し売りで、自分たちの悪事をごまかそうというのか」

「そんなつもりじゃない」

永森君の声は弱々しかった。そして徐のほうはあらんかぎりの力を振りしぼって、そんな感じの声で、

「俺は東洋鬼子のために、一家離散だ。俺の女房は淫売になってる」

「淫売？　まさか大観園にいるんじゃあるまいね」

「あんたには関係のないことだ。ひとのことに、あまり口出しをしないでくれ」

そう言ったかと思うと、急に語調を変えて、

「許して下さい。永森先生（シエンシヨン）」

土色の顔をくしゃくしゃに歪ませて、

「あたしはあなたに親切にされるのが、たまらないのだ。あたしには、あなたの親切がつらいのだ。あなたの親切をもう受けないようにするために、あたしも今日かぎり心を入れかえて、まじめな人間になります」

「徐先生（スウシエンシヨン）！」

「最後のご親切としてこの金は喜んで頂きます。この金であたしは立ち直ります」

「では、僕のすすめた職場で働いたら……」

「いえ、自分で苦力（クーリー）にでもなんにでもなって……。自分のことは自分でやります」

徐の頬は涙で濡れていた。王も眼をうるませながら通訳していた。

「まじめになったら、また伺います。ちがったあたしを、先生にお目にかけます」

だが、永森君が次に徐に会ったときは、彼は死んでいた。死顔に会ったのである。すごい形相だったと言う。

自殺なのだった。なぜ自殺したのだろう。S君はこう言った。

「なまじっか、立ち直ろうなんて思ったんで、いけなかったんだな。気持の上でだけ立ち直ろうとしたって、一度地獄に落ちた身は、そうはいかない。苦しんだあげく、結局、自殺するより手はない。それ以外に逃げ道がない。自殺でやっと本人は救われたんだが、カタギになろうなんて余計なことを考えないで地獄のなかにそのままいたほうが、むしろのんびりと生きられたのだ。どうせ遅かれ早かれモヒのために死ぬにしても、まだ徐琳昌は地獄にいれば生きていられたのだ」

このS君は大観園の実態を苦心惨憺してしらべた結果を、ひとつの調査書にまとめた。「極秘」と表紙に刻印のあるその調査書を僕は永森君から分けて貰って、今日まで秘蔵している。その調査書には、大観園の持ち主（彼は浜江省道徳総分会理事でもあった）とS君との一問一答が載っていて、実に興味津々たるものがある。満洲国時代の一問一答であることにおいて、一層興味があるが、今日の日本人と思いくらべてこれを読むと更にひとしお興味が深い。ながい引用になるが、その一部（質問はS君）を紹介すると――

「君と国と民は何れを第一とすべきか」

「民の生活第一なり」

「民とは誰か」

「我々なり」

「君主の命令は絶対か」

「絶対にあらず。我々は徳の所在に従う。満洲国皇帝に徳がなかったら、その命を聞く必要なし」

「徳とは何ぞや」

「我々を生かす所のものなり」

「国家の滅亡を如何に解釈するか」

「明朝が亡んだのは国家が亡んだのではなく、一姓が無くなったのである。それよりも人民の生存が緊要である。日本も同じだ。国家は公にして（原文二字欠）は私人なり」

「君・臣・民の関係如何」

「君・臣・民は平等なり。只位置とそれより来る責任とを異にするのみ」

「人生の目標は何か」

「人民の最上の必要は自分の生活である」

「大観園の如き魔窟の存在は必要か」

「必要なり。あそこが無かったら必らず又別の箇所に同じものが出来る」

「大観園の経営は営利事業か、救済事業か」

「大観園の存在は天の時、地の利、人の和によって成立している。天の摂理なり。お国の大和ホテル（満洲第一の日本人経営旅館）が経営しても、大観園は死滅してしまう」

「大観園内の木賃宿では瀕死の宿泊人を何故街頭に放り出すか」

「この社会では普通のことで、宿で死なれたら他の宿泊人が迷惑する。普通の家庭でもオンドルの上では死なせぬ」

「宿泊人が同宿の瀕死の人間の衣類を一物をもあまさずに剝奪するのは何故か」

「売って金にするか、自分で着るのだ」

「何故生きているうちに剝奪するのか」

「死人の衣服は不吉なり」

「何故病人を真裸かにして街頭に棄てるのか」

「凍死させるため」

「その場面を見たことありや」

「あり」

「現状を見ていて腹が立たぬか」

「自業自得だ」

「何故人々は見ていてかまわぬのだ」

「支那社会には誰(スイ)不(プ)管(グワーン)誰(スイ)だ——人のことは人のこと。匪賊が来たって隣家へ来たのなら一向かまわぬ。支那にはこうした諺がある。

　　自掃自己門前雪
　　不管他人瓦上霜」

「何故此処の人々は盗み、淫売し、賭博し、殺したりするのか」

「貧乏だから。金があれば苦力をするさ」

「以上の如き事実は傅家甸以外にもあるか」

「何処にだってある」

「木賃宿の経営者は支那社会に於ては如何なる人間に属するか」

「車船店脚衙・無罪也該殺と云う俗諺がある。車とは車屋・馬車屋・車引等、船とは船主・船頭・船夫等、店とは旅館のことで旅館経営者・宿の客引等、脚は運搬業者のこと、衙とは役人のことで、是等の人々は仮令罪がないとしても当然死刑に処すべき種類の奴等であるという意味である。要するに以上の如き仕事にたずさわる者共は悪の固まりである」

「日本を何う見るか」

「日本人はこの満洲に於て功あるも徳なし」

「功とは何か、徳とは何か」

「功とは仕事をしてその代償を求むることで、徳とは施して代償を求めぬことなり」

「結論として漢民族に接する日本人は何うなるか」

「漢民族に接する日本人は必らず一歩の退歩を見、それに反して漢民族は必らず一歩の前進をなすべし」


僕は満洲で、一歩どころじゃない——何歩の退歩をしたのだろうか。

僕はあやうく地獄に落ちそうだった。地獄の仲間にあやうく自分から落ちて行きそうだった。退歩のせいか。いや、あれが退歩かどうか、僕には分らない。

おかまは満洲でも兎子(ツーズ)とさげすまれている。尻の穴にモヒを突っこんだり、阿片のヤニを塗ったりする最低の輩でも、尻の穴で商売はしちゃいねえと、兎子(ツーズ)をさげすんでいる。ウサギは後脚が長く、脚を立てると、尻があがる。そのウサギのように尻を立てると陰間を罵って、兎子(ツーズ)と言うのだ。

僕がおかまバーへ行くのは、むごたらしさが好きというより、日本でもさげすまれているおかまに対して、一種の親近感を持っているからではないか。


（1963（昭和38）年「群像」5月号 初出）

あとがき

伊藤　整

「激流」の冒頭には明治の終りの時代が描かれている。進一と正二という兄弟の育つ永森家の成立の事情が書かれるうちに、明治末年頃から後の東京の風俗を通して、近代日本の社会の変化がこの小説の背景として浮びあがるように作者は配慮している。

この兄弟の父辰吉は田舎から上京して働いていた永森というメリヤス問屋の婿になったのだ。その永森という商店のあり方に、近代の大産業に圧迫される古風な中小企業の問題なども扱われているが、この作品の大筋の主題は、昭和初年におけるマルクス主義運動の政治的、倫理的な意義の変貌を通して人間を描くことにある。

作者は兄の進一を、陰性の、理想追求の気持の強い青年として設定している。府立一中、一高、東大という秀才コースを進みながら、マルクス主義運動の中に飛び込んで、愛人を失い、健康を害し、やがてはその運動の精神によって結びついた妻とも別れてゆく人間として描いている。勿論進一にとっては、父や母とは精神的な強いつながりはある筈がない。ただ一人、父よりも古くから永森商店に働いていた老番頭の源七が、進一の理想主義の純粋さの故に、この主家の息子に愛情を抱き、進一もまたこの源七に親愛感を抱いている。

全体として永森進一は理想を求めすぎるため挫折する人物として描かれて行くが、弟の正二はそれと対照的な人物として設定されている。兄とちがって必ずしも一流の頭脳を持っているのではないが、理論や分析とはかかわりのない生活の知慧というべきものが生れつき備わっている。兄に比較して陽性で、健康で、人に愛され、危機の中にあっても自分の生き方についての判断を誤ることのない人間である。

兄の進一はマルクス主義の盛衰に忠実により添う苦行僧めいた感じを与える。ところが弟の正二は、自ら意識して事の正邪の判断することなしに右翼の革命運動であった二・二六事件に一兵士として捲き添えを食い、自殺を企てる上官、逃亡を試みて射殺される友人を目のあたりする立場になる。

高見順は、この作品と同時期に書いていたもう一つの小説「いやな感じ」においても、マルクス主義革命と右翼の軍事革命とに共通する思考のパターンがあることを認めようとしていた。今度本の形として追加されることになった「激流」の第二部では、満洲国の成立とその開拓事業、さらに治安の問題にからんで農事合作社なる組織が描き出されている。これがまた左翼的思想の仮托の場となった、というのが彼の考えのようである。

昭和六年の満洲事変そのものが、日本の国内の行きづまりを外に転じて打開しようとする企てであり、ある人にとっては意識的な現象であったろうが、大部分のものにとっては運命のような出来事だった。そしてこの出事事が思想的行きづまりの打開口ともなったのだ。昭和八年、マルクス主義運動に政治的な弾圧が加えられた。小林多喜二の虐殺が象徴する激しいこの弾圧ののちは、すべてこの系統の実践が死滅した。「激流」の中に党の機関紙が一回だけ配布されるという場面が描かれているが、そういうことは継続した運動とならず、多くのものは転向し、または沈黙した。思想運動にとって全く窒息的な時代がやって来た。転向者のうちのあるものが、新しい領土または隣国と考えられた満洲に渡り、そこで生きようとした。「激流」の第二部に描かれている満洲の農事合作社は、一種の組合運動であったから、共産主義的な思考のパターンを持つ転向者たちにも取っつきやすいところがあった。主人公進一は、この仕事に入り、この運動をすら日本の国策の延長であると忌避する徐中元なる人物に接近しようとする。当然そこには進一の心内に生きている理想主義と軍国日本の国策に反抗的であるが故に堕落した人間となってゆく徐中元との間の精神的交渉が起る。その交渉がまさに深まろうとするところで高見君はこの創作を中絶しなければならなかった。

昭和三十八年の一月のはじめ、高見君はこの第二部を書こうとしてさかんに満洲関係の文献を読んでいたことが、「世界」の昭和四十二年八月号の「高見順日記」に出て来る。

「一月十一日／○首相官邸へ。文化、芸能界の人々を招いたのだが、大変な人数。／中途で逃げる。伊藤整君と歩き、話をする。／○山の上ホテルへ。(313号室)／『夕閑帖』の清書。石川宮子さんに渡す。／○『激流』のための参考書を読む。徹夜。すでに今までも読んでいたものだが、ここに挙げておく。(満洲事情および合作社と開拓民の参考書)/佐藤大四郎『満洲に於ける農民協同組合運動の建設(満洲評論社、昭和十三年)/島木健作『満洲紀行』(創元社、昭和十五年)/橋本伝左衛門、加藤完治、永雄策郎監修『満洲農業移民十講』(昭和十三年)/朝日新聞社編『満洲開拓青少年義勇軍』(昭和十四年)/満洲事情案内所編『満洲戦蹟巡礼』(昭和十四年)/久我荘多郎『北辺の防人』(昭和十九年)——これは愚劣な読み物だった。/『中央公論』昭和十六年三月、塙政盈(塙英夫のことなり)「アルカリ地帯」(『新人』入選創作)/『改造』昭和十二年十一月、大谷藤子「北満の旅」/昔はこんな参考書を読んで小説を書くというようなことは絶対にしなかった——できなかったものである。」

さらにこの前後の「高見順日記」を読むと、この年の一月のはじめから、彼は「いやな感じ」と「激流」(第一部のことである)の手入れをしている。いずれも一冊分の掲載が終ったところである。一月八日に「『激流』の手入れにかかる」とあり、九日も「『激流』の手入れ」とある。さらに一月十二日に「三時より仕事。『激流』第二部に、すっとはいれる」との記入がある。一月十六日には「『激流』渋滞」の記入がある。

一月二十一日の項に「『激流』清書用下書終了。妻、来る。十四枚清書ずみ(昨夜カンちゃんが取りに来た分)海老原君に渡す」とある。これが第二部第一回の分であろう。

このようにして『激流』の第二部が「世界」に掲載されたのは、昭和三十八年の三月号から十一月号までである。十一月号の締切は九月二十日頃であるから、高見順はそれを日光で書き上げてから、近代文学館の十月一日からはじまる伊勢丹での日本近代文学百年史展に出席した。その頃彼はすでに身体に異常を覚えており、診断を受けて癌と決定したのは二日である。その展覧会の四日目、彼は実に平静な態度で私たち理事を小さな室に集めて、その病気のことを告げた。彼はその翌日五日に入院して手術したが、その後二年間の闘病生活がつづいて、昭和四十年八月十七日彼は亡くなった。

「永森さんひとりではいるなんてとんでもない、あぶないですよ」

「地獄のなかへ……」

「永森さんも満洲を知るには一度地獄のなかを見ておく必要がありますね」

という会話で第二部は中絶している。

ところで、ここで、大変なところ、地獄といわせているハルビンの「大観園」について、高見君は「尻の穴」という別の短篇小説の中で詳しく描写しているので、読者の参考までにこの本に収録した。

生前の構想では、激流は三部作が予定されており、敗戦までを第二部とし、第三部で、主人公たちを戦後の社会に活躍させ、今日に至る筈であった、と看護に当っていた秋子夫人は聞いている。また、当時の「世界」編集者海老原光義君は、連載にとりかかってまもなくのこと、「これは僕のライフ・ワークみたいなものでね、延々とつづきますよ。作者死亡につきってなことにならないようにしなくちゃね」と冗談を言ったのを聞いている。

不幸にも高見君のこの言葉は予言のようなかたちになってしまったが、「激流」にそそいだ作者の意気込みは大きかったようである。

尚、後に発見された創作ノートには次のような断片がメモとして残されている。

〝王。スパイではないか?〟

〝進一が引きとって源七に預けた異母妹スミ子、のちに軍慰問団で再会〟

〝進一の妻早苗、喀血(進一のがうつっていた)〟

〝進一、観念的で、あのままでは実に嫌な奴だ。あれでは進一が可哀そうだ、うかばれない。満洲のすごい場所へ体ごとはいって行って、体でぶっつかり、頭で知るのでなく、体で知っていくうちに進一はすっかり変る。モヒ中毒になりかかり、あやうく引き返す〟

〝正二(兵隊)と会う。源七から預ったお守りを渡される〟

〝正二、たくましい、ますます行動的な人間に成長〟

「激流」の第一部、第二部を通じて読むと、昭和初年以後のマルクス主義、右翼革命、満洲国の成立などは、まさに私や高見順の二十歳台から三十歳台の頃の日本の社会そのものの激動がそこに描かれており、多くの場面がなまなましくこの小説を読むにつれて想起される。満洲国についても、私はいま思い出して冷汗の出るような大陸開拓文芸懇話会というのに加わって満洲旅行をした思い出がある。高見君もこの会には加わったが、満洲へはその時は行っていない筈である。この永森進一の運命を思わせるような、かつての共産主義系の人々がその地で働いているのを私は見聞した。旅行中の島木健作の真剣な、目の鋭い顔をその地に見出したことも思い出される。

「激流」は中絶した作品であるが、この短い第二部は多くの反響を我々の心に呼び起す点で、まさに大きな事変の始まりを告げる鐘の鳴らされるのを聞くような部であった。それが完成されなかった事情を考え、改めて故人をしのぶのである。

P+D BOOKS ラインアップ

草を褥に 小説 牧野富太郎　大原富枝
●植物学者牧野富太郎と妻寿衛子の足跡を描く

激流（上下巻）　高見 順
●時代の激流にあえて身を投じた兄弟を描く

貝がらと海の音　庄野潤三
●金婚式間近の老夫婦の穏やかな日々を描く

せきれい　庄野潤三
●〝夫婦の晩年シリーズ〟第三弾作品

庭のつるばら　庄野潤三
●当たり前にある日常の情景を丁寧に描く

早春　庄野潤三
●静かな筆致で描かれる筆者の「神戸物語」

P+D BOOKS ラインアップ

魔法のランプ	澁澤龍彥	● 澁澤龍彥が晩年に綴ったエッセイ29編を収録
悪魔のいる文学史	澁澤龍彥	● 澁澤龍彥が埋もれた異才を発掘する文学史
ベトナム報道	日野啓三	● 一人の特派員は戦地で"何"を見たのか
夜風の縺れ	色川武大	● 単行本未収録の39編と未発表の「日記」収録
神坂四郎の犯罪	石川達三	● 犯罪を通して人間のエゴをつく心理社会劇
天の歌　小説 都はるみ	中上健次	● 現代の歌姫に捧げられた半生記的実名小説

（お断り）

本書は1967年に岩波書店より発刊された単行本を底本としております。あきらかに間違いと思われるものについては訂正いたしましたが、基本的には底本にしたがっております。また、一部の固有名詞や難読漢字には編集部で振り仮名を振っています。

本文中には盲、部落、外人、炊事夫、雇農、乞食、片輪、おかま、日雇い、淫売婦などの言葉や人種・身分・職業・身体等に関する表現で、現在からみれば、不当、不適切と思われる箇所がありますが、著者に差別的意図のないこと、時代背景と作品価値とを鑑み、著者が故人でもあるため、原文のままにしております。

差別や侮蔑の助長、温存を意図するものでないことをご理解ください。

高見 順（たかみ じゅん）
1907（明治40）年2月18日―1965（昭和40）年8月17日、享年58。福井県出身。1935年に『故旧忘れ得べき』で第1回芥川賞候補となる。代表作に『如何なる星の下に』『昭和文学盛衰史』など。

P+D BOOKS とは

P+D BOOKS（ピー プラス ディー ブックス）とは
P+Dとはペーパーバックとデジタルの略称です。
後世に受け継がれるべき名作でありながら、現在入手困難となっている作品を、
B6判ペーパーバック書籍と電子書籍を、同時かつ同価格で発売・発信する、
小学館のまったく新しいスタイルのブックレーベルです。

激流（下）

2023年9月19日　　初版第1刷発行

著者　高見 順
発行人　石川和男
発行所　株式会社　小学館
〒101-8001
東京都千代田区一ツ橋2-3-1
電話　編集　03-3230-9355
販売　03-5281-3555
印刷所　大日本印刷株式会社
製本所　大日本印刷株式会社
装丁　おおうちおさむ　山田彩純
（ナノナノグラフィックス）

Printed in Japan
ISBN978-4-09-352471-1

P+D BOOKS